EM CAMPO ABERTO

CLÁUDIO LOVATO FILHO

EM CAMPO ABERTO

Editora Record
RIO DE JANEIRO • SÃO PAULO
2011

CIP-BRASIL. CATALOGAÇÃO-NA-FONTE
SINDICATO NACIONAL DOS EDITORES DE LIVROS, RJ

L946c
Lovato Filho, Cláudio
    Em campo aberto / Cláudio Lovato Filho. – Rio de Janeiro: Record, 2011.

    ISBN 978-85-01-09229-8

    1. Romance brasileiro. I. Título.

11-0147
CDD: 869.93
CDU: 821.134.3(81)-3

Copyright © Cláudio Lovato Filho, 2011

Capa: Diana Cordeiro

Imagem de capa: Bill Sykes Images/Getty Images

Texto revisado segundo o novo Acordo Ortográfico da Língua Portuguesa.

Todos os direitos reservados. Proibida a reprodução, no todo ou em parte, através de quaisquer meios.

EDITORA RECORD LTDA.
Rua Argentina, 171 – Rio de Janeiro, RJ – 20921-380 – Tel.: 2585-2000

Impresso no Brasil

ISBN 978-85-01-09229-8

Seja um leitor preferencial Record.
Cadastre-se e receba informações sobre nossos lançamentos e nossas promoções.

EDITORA AFILIADA

Atendimento e venda direta ao leitor:
mdireto@record.com.br ou (21) 2585-2002.

Para Rosilene

Meus agradecimentos a Oswaldo Zendron, sogro, amigo e companheiro de muitas jornadas esportivas, pelo compartilhamento da memória e da paixão futebolística, e à equipe da Editora Record, pela confiança, a camaradagem e o apoio de sempre.

CLF

(Dois dias antes do jogo)

O menino caminha pela calçada molhada. Parou de chover há pouco, ainda há nuvens negras lá no alto e também um vento que chega em rajadas irregulares, de todos os lados, caóticas, um vento quente, e parece que a chuva só fez o calor aumentar ainda mais, um calor que todo mundo diz que não dá para aguentar, mas que todo mundo aguenta no fim das contas. O menino usa o uniforme da escola, e seus livros e cadernos e canetas e o que mais ele utilize na sala de aula estão agora na mochila que carrega às costas. Ele está a sete quadras de casa e pensa no jogo de dali a dois dias, um jogo importante para o seu time, o time que ele tanto ama, um jogo ao qual ele irá com o pai. Ele está pensando no jogo e na provável formação titular do seu time e em como deverá estar o estádio durante a partida e em como será sair com o pai depois de tanto tempo, quando, sem nenhuma razão aparente para fazer isto, apenas por acaso, ele olha para o outro lado da rua e então vê dois meninos um pouco mais velhos do que ele terminando de dobrar a esquina. Eles também usam o uniforme da escola. Um é alto, gordo, cabelo amarelo, garoto grande; o outro também é alto, só que magro, cabelo comprido, o nariz descascado por causa do excesso de sol. O menino os reconhece de imediato; não havia como ser diferente, porque aqueles dois fazem parte de um grupo de valentões que perseguem a ele e a seus amigos no colégio. Na verdade, aqueles dois ali vêm a ser os líderes do grupo que o menino e seus amigos se acostumaram a chamar (somente entre eles, claro, em segredo de Estado), de "os marginais". O menino dá meia-volta sem pensar duas vezes. Vai retornar alguns metros e entrar na rua da qual saiu há pouco e depois vai se meter pela rua detrás para chegar à avenida que margeia todo o seu bairro. O trajeto até sua casa vai aumentar, ele vai fazer o caminho mais longo, através do parque, mas não pensa nisso agora. Só quer sair da vista daqueles dois, sumir do alcance do radar deles. É tarde para isso, porém. Os dois já o viram. Trocam rápidas palavras e começam a caminhar em direção a ele. Atravessam a rua, acelerando o passo. O menino caminha e olha para trás, apressa o passo, caminha mais rápido e olha para trás, apressa mais o passo, e então dispara, inicia uma corrida assumidamente desesperada. Os dois agora também estão correndo, correndo atrás dele, correm e xingam, dizem barbaridades, o ofendem de tudo e também ofendem sua mãe. O menino corre pela rua, corre o mais rápido que pode, a mochila balançando furiosamente às costas, até que chega à avenida, reduz um pouco a velocidade, mas apenas um pouco, só um pouco mesmo, e a atravessa, mal olhando para o lado, apesar do sinal aberto para os carros, há buzinadas, e por fim ele chega ao parque que separa seu bairro do bairro vizinho, o parque em que ele passeia desde que era um bebê. Ele olha para trás pela primeira vez desde que atravessou a avenida e vê seus dois perseguidores parados lá do outro lado, com as mãos na cintura, rindo suas risadas nojentas, suas risadas sádicas. Ele então entra no parque, a camisa suada, o cabelo molhado grudando na testa e no pescoço. Seu caminho para casa vai ficar muito mais longo. Mas isso agora é o de menos, isso realmente não é problema, não é o problema.

O homem alto de cabelo cortado bem curto está encostado no balcão do bar. Melhor dizer boteco, é o que é. Um boteco que corre o risco de se tornar um daqueles botecos da moda, que atraem jovens de classe média e até classe média alta de outras áreas da cidade. O balcão é de vidro, e dentro dele (é dentro mesmo) estão expostos, em pequenas travessas de aço inox, coxinhas de galinha, croquetes, pastéis, linguiças calabresas, almôndegas, ovos cozidos. O homem tem à sua frente uma garrafa colocada em um isopor amarelo, um copo cheio de cerveja, um copo menor, com uísque e pouco gelo, e um cinzeiro lotado de baganas. A TV, presa a um suporte na parede de azulejos brancos atrás do caixa, exibe um telejornal. Ele já não consegue raciocinar com clareza. Seu pensamento e sua audição estão embaralhados. Seus dois acompanhantes já foram embora. Pagaram sua parte na conta rachada e se mandaram para casa. Ele ficou, com seus pensamentos confusos e sua autopiedade. Em uma mesa, na calçada, há um grupo formado por homens e mulheres, provavelmente colegas de empresa, ou de banco, um grupo barulhento. Uma das mulheres o olha insistentemente. Só tira os olhos de cima dele para responder à pergunta ou replicar o comentário de algum companheiro de mesa. É uma mulher bonita, bonita e madura, mas ele não percebe que ela olha para ele, e, mesmo que percebesse, isso não faria a menor diferença, porque não está interessado nisso. Ele não consegue entender o que os apresentadores do telejornal estão dizendo, mas então vê na tela cenas de um treino de futebol, e um pensamento cruza sua mente com a estridência e a emergência de um relógio despertador que dispara no meio da madrugada, um pensamento que envolve seu filho, e o homem que está atendendo atrás do balcão tem de perguntar duas vezes se ele quer mais uma cerveja e ele responde que não, não quer outra cerveja, apenas a conta, só a conta. Quer ir embora, sente uma urgência nisso, então paga o que deve e, antes de recolher o troco e sair, constata, sobressaltado, que o movimento do bar aumentou muito desde que ele chegou ali. Há agora uma desordem coreografada, um fluxo contínuo de vozes e gestos e odores e luzes e sombras. E assim ele, que ao ver as imagens do treino na TV tirara do rosto triste o sorriso estupidificado que ele próprio aparafusara em certo momento naquele balcão do bar, vai embora. Quer chegar em casa, não está animado com a perspectiva de chegar em casa, mas quer ir, precisa ir, e então sai do bar, levemente trôpego, e atravessa a rua e desaparece da vista de todos na noite úmida e, de um jeito confuso, de um jeito quase atormentado, sente que está fazendo a coisa certa.

(Um dia antes do jogo)

Ela está preocupada; anda pelo apartamento, inquieta, o olhar não descansa em lugar nenhum. Está assim porque seu marido e seu filho não saem juntos há muito tempo e vão fazer isso amanhã, vão ao jogo. Eles não têm conversado, o pai e o menino; não se comunicam, têm estado distantes, parecem dois estranhos. O marido, pai do menino, não está bem. Houve alguns episódios tristes nos últimos tempos, ele tem exagerado na bebida, sim, ela precisa admitir isso, ele tem realmente exagerado na bebida, ela própria gosta de uma cervejinha ou de um vinho de vez em quando, mas com o marido tem sido diferente, ele tem passado dos limites, e houve até agressão física, pela primeira vez na família, o menino sofreu uma decepção muito grande com o pai, muito grande. Não, as coisas não estão bem com o marido, não estão bem com nenhum deles, mas o marido é um bom homem, um bom marido e um bom pai, está passando por uma crise, apenas isso, uma crise, uma crise, e o filho é um menino maravilhoso, seu maior motivo de felicidade, um filho que toda mãe queria ter, nisso ela nunca deixou de acreditar, sempre mostrou convicção em relação a isso, certeza íntima, mesmo quando seus pais tentaram convencê-la de que o melhor a fazer era se separar do marido e de que o filho estava desenvolvendo problemas — falavam assim, em tom grave, "problemas". Ela acredita que eles três — ela, o marido e o filho — vão conseguir superar todos os problemas e seguir em frente, como uma família feliz, ou pelo menos como uma família em condições de um dia vir a ser isso, voltar a ser isso, feliz. Ela pensou em pedir a seu pai para acompanhar o marido e o filho ao jogo. O menino adora o avô, tem loucura pelo avô, mas o avô achou melhor não ir; achou melhor deixar que fossem apenas os dois para o jogo; achou melhor assim. Ela insistiu, pediu por favor, mas entendeu a recusa do pai, e o respeitou e o admirou ainda mais por isso, porque ela sabe que o avô também adora, tem loucura pelo neto, mas certas coisas precisam ser feitas de um certo jeito e não de outro. E assim foi que ela agora reza e reza e reza para que tudo corra bem amanhã, e então, ainda rezando, pensa no que fazer para o jantar, porque o menino daqui a pouco vai ficar com fome, o menino, que agora está no quarto, deve estar pensando em futebol, claro, o menino só pensa em futebol, e porque o marido, ela espera, daqui a pouco vai chegar, ontem chegou tarde, tinha bebido, chegou em casa realmente muito tarde e tinha exagerado na bebida, mas hoje não, hoje vai ser diferente, hoje ele vai chegar cedo, ele prometeu.

(O dia do jogo: o campo)

O velho de uniforme cinza e chinelo de dedo anda pelo gramado. Ao seu lado vai um rapazote de cabeça raspada. A grama está bem aparada, mas houve bastante movimentação nos últimos dias, de maneira que muitos tufos foram levantados e alguns buracos começaram a se formar. E as marcações feitas com tinta à base de água (o velho se lembra com nostalgia dos tempos da cal) precisam de reforço em alguns pontos; na risca das grandes áreas, por exemplo.

O velho trabalha no estádio há 50 anos, desde a inauguração. Quando começou, ainda era muito jovem. A biografia do velho pode ser resumida ao trabalho no estádio e a duas ou três outras coisas mais, de menor importância. Ele não tem família, vive sozinho em uma casa com um pequeno pátio lateral na subida de um dos morros perto do estádio.

Caminha pelo gramado debaixo de um sol impiedoso e sob um calor imoral e vai olhando para os tufos levantados e os recoloca no lugar e, em alguns casos, aponta para um local específico do gramado e o rapaz que está com ele então corre para ajeitar o tufo que fora levantado por uma chuteira mais afoita ou menos talentosa.

O velho ouviu que o estádio pode lotar no jogo de logo mais, o clássico de dali a algumas horas, o clássico que é o único jogo que ainda mexe com seus nervos de velho.

Quando a bola rolar no gramado do qual é guardião, ele vai, mais uma vez, torcer pelos garotos, os garotos do seu time, os garotos do clube que há tanto tempo ele serve e no qual apenas duas ou três pessoas, talvez, saibam seu nome e sobrenome.

(O dia do jogo: tudo o mais)

O menino esfrega as mãos. Está sentado na beirada do sofá e mexe os pés para dentro e para fora, os tênis brancos com detalhes azuis, novos. Suspira profundamente e diz para si mesmo, num sussurro angustiado:

— Por que é que ele tinha que ir dormir?

E então:

— Mas que droga!

Ele está sozinho na sala. A TV está sintonizada em um canal por assinatura. Um apresentador e dois comentaristas, três rostos e três vozes que o menino conhece bem, trocam impressões sobre o jogo. O programa de tempos em tempos é interrompido por *flashes* ao vivo do estádio, que ainda está quase vazio. Mas isso não representa alívio para o menino. Mesmo que não houvesse uma alma viva naquelas arquibancadas e cadeiras ele estaria agora do mesmo jeito: louco para sair voando do apartamento e entrar logo no ônibus com seu pai e garantir um lugar para ver o jogo, de preferência um bom lugar perto do meio do campo.

Mas o pai foi dormir, depois de almoçar e beber duas garrafas de cerveja. Disse que ia tirar a sesta, e que ele, o filho, não se preocupasse porque tinham tempo de sobra.

— Tempo de sobra!, diz para si mesmo o menino, rangendo os dentes, na iminência do choro. — Tempo de sobra coisa nenhuma, coisa nenhuma!

Ele decide rezar. Reza pai-nossos e ave-marias. Pede a Deus que ele e o pai cheguem a tempo ao estádio. Pede a Deus que possam entrar. Pede que consigam encontrar o homem que tem os ingressos deles. Ingressos de cadeira, especiais. Um "conhecido meu", o pai lhe dissera. O menino rezou muitos pai-nossos e muitas ave-marias, o tempo passou, se arrastando, se arrastando, para completa e contida angústia dele, se arrastando, até que a mãe, que tinha ido para o quarto com o pai, aparece na sala, a pouca luz do sol que entrava pela janela da sala batendo em seu cabelo castanho recém-escovado, com os primeiros fios grisalhos já bem visíveis nas têmporas, sorrindo aquele sorriso nervoso dela, aquele sorriso que era mais um enrugamento do canto dos olhos do que qualquer outra coisa, um sorriso que o menino não conseguia entender o que significava, nem mesmo se era realmente um sorriso, e ela diz:

— Seu pai está vindo. Você está pronto?

A resposta vem com o carimbo da impaciência:

— Claro!

Então ela vai para a cozinha, dizendo que precisa fazer um café, "que o seu pai pediu".

Há suor nas mãos e nas costas do menino, suor descendo pelas costas do menino.

Ele ouve o barulho da porta do quarto do pai sendo aberta. Ergue a cabeça, para de mexer os pés para dentro e para fora, as mãos agora agarram as bordas do sofá, mãos ao lado das pernas finas. O menino ouve a porta do banheiro se abrir e depois se fechar, e então o som da urina do pai caindo sobre a água do vaso e depois a descarga sendo acionada e aí a torneira da pia e uma tosse alta e a porta do banheiro se abrindo e então o pai na porta do corredor. O pai, com seu cabelo cortado bem curto, vestindo calça *jeans* e uma camisa polo azul para dentro da calça e mocassins marrons sem meia, e a cara séria, sem sorriso, como sempre ultimamente, por que seria diferente agora?, e o olhar que não para em lugar nenhum — homem jovem e velho ao mesmo tempo.

— Vou tomar um café e a gente sai — diz o pai.

E tudo o que o menino consegue dizer é:

— Tá.

Diz isso sem olhar para o pai.

O pai cruza a sala com seu passo lento, seu passo que parece o de um homem cansado, apesar de ter acabado de acordar de uma sesta após um almoço bom, um almoço caprichado que a mulher preparara para ser especial, um estrogonofe de filé *mignon* acompanhado de batata palha e arroz com passas e uma sobremesa de gelatina com pedaços de maçã dentro.

O pai atravessa a sala e vai para a cozinha, onde a mulher passa um café novo, embora ainda houvesse na garrafa térmica café que ela fizera para o café da manhã. O pai olha pela janela basculante para o prédio vizinho, e a mulher, às costas dele, pergunta:

— A que horas vocês voltam?

Ele não responde de imediato. Continua olhando pela janela. Então diz:

— Logo depois do jogo, assim que der para pegar o ônibus.

Ela serve o café quente e forte ao marido. O marido bebe o café parado na porta que dá para a sala. Ele olha para lá e vê uma parte do corpo do menino, vê os pés dele se mexendo para dentro e para fora. Vê as mãos do menino se enroscando uma na outra. E sente uma opressão no peito, uma opressão brutal, como se seu coração tivesse sido colocado dentro de uma caixa de fósforos.

O homem beija a mulher, um beijo desajeitado, sem naturalidade; a mulher beija o menino, um beijo muito terno, que arranca um sorriso constrangido do menino. Ela os observa da porta do apartamento, eles caminham pelo corredor escuro até o elevador. Ela entra e fecha a porta. E reza.

Agora eles caminham lado a lado pela calçada estreita em direção ao ponto de ônibus. Faz bastante tempo, mais de um ano, que não vão juntos a um jogo. O pai fuma um cigarro de filtro amarelo. Logo depois de acender e de dar a primeira tragada, tosse uma vez, duas, três vezes. Faz calor. Não tanto quanto há alguns dias, quando a cidade enfrentara uma onda de calor infernal, "um calor africano", como o menino tinha ouvido alguém dizer na rua, sem entender totalmente o significado daquilo. Ele olha para o chão. Veste a camisa do seu time, uma camisa tricolor, com o número 8 às costas. O calção é branco e os meiões que chegam até o joelho têm as três cores e o distintivo do clube. O pai dá uma tragada no cigarro e tosse. Não há vento, nem uma brisa sequer, as copas das árvores estão paradas, e as folhas caídas ao chão continuam ali, inertes; não são levadas a lugar nenhum.

O pai e o menino apenas caminham. O pai, fumando seu cigarro e ainda sentindo na boca o gosto do café; o menino, com passo curto e olhos inquietos, que teimam em manter em seu campo de alcance a figura do pai, a presença do pai. Caminham.

De repente alguém surge às costas do menino e do pai. É outro menino. O cabelo tem cor de fogo. Chega correndo e diz, ofegante:

— Tá indo pro jogo?

O ruivo, que se chama Moisés, pergunta isso e tenta acompanhar o passo do outro menino e do pai dele.

— Tô.

E isso é tudo o que o menino responde, olhando de canto de olho para o pai. O pai dá uma olhada rápida para o menino ruivo. O ruivo para de tentar acompanhar os dois, fica no caminho, parado, olhando, ainda ofegante. O ruivo e o menino que caminha ao lado do pai são os melhores amigos um do outro. O menino que caminha com o pai pensa — *sente* — que talvez devesse ter falado um pouco mais com o outro, mas em seguida pensa — *sente* — que agora não era a hora, não dá mesmo, porque está a caminho do estádio, com seu pai, não há tempo a perder. *Depois eu falo com ele*, pensa o menino.

O menino e o pai chegam ao ponto de ônibus. A boa distância, já haviam visto várias pessoas com camisas do outro time, o adversário, o inimigo, aquele que precisam, de qualquer jeito, derrotar, hoje e sempre. Um grupo numeroso indo para o estádio, com bandeiras e faixas e alguns até portando cornetas de plástico. Naquele momento, naquele ponto de ônibus, poucos usavam a camisa do time do menino.

Antes de chegarem ao ponto, o pai dissera ao menino:

— Fica na tua. Se precisar dizer alguma coisa, eu digo. Entendeu?

— Entendi.

— Se precisar fazer alguma coisa, eu faço.

Mas não é preciso o pai dizer nada, nem fazer nada, porque ninguém dirige a palavra a eles, nem olha para eles. Não há ameaça ali.

O ônibus chega e eles sobem. O menino vai à frente, faz algum esforço para atingir o primeiro degrau da escada e entrar. O pai entra logo atrás.

Conseguem lugar bem na frente, perto do motorista — o menino ao lado da janela; o pai no assento do corredor. Estão em silêncio. O menino olha para a rua, para os carros que passam, para as pessoas na calçada, para as casas e os edifícios onde deviam morar famílias "equilibradas e felizes". Ele ouvira sua avó materna, vó Marília, dizer isso à filha, sua mãe, em uma conversa na cozinha, quando achavam que ele estava no quarto. Famílias "equilibradas e felizes", foi o que disse a avó, não em tom de aprovação e elogio, como se a família da filha fosse assim, "equilibrada e feliz", mas em tom de crítica e aconselhamento, como se a família da filha precisasse ser daquele jeito, tivesse que ser daquele jeito, "equilibrada e feliz", e não era, estava longe de ser, e essa foi a percepção do menino ouvindo aquele pedaço de conversa entre a avó e a mãe; ele teve essas percepções por causa do tom de voz da avó, mais do que pelas palavras, embora não usasse esse termo, "tom", para definir em sua cabeça aquela maneira triste e cansada e dura de a avó falar aquelas coisas.

— Vai dar tempo, não precisa ficar preocupado — diz o pai, de forma repentina, para sobressalto do menino. O menino se desprende de seus pensamentos, deixa de olhar para os prédios e os carros e as pessoas lá fora, vira-se para o pai e diz:

— Ahã — um grunhido quase inaudível.

Lá atrás, os torcedores do time adversário começam a cantar e a batucar no teto do ônibus e no encosto dos assentos.

O menino segue olhando para fora do ônibus, para os carros, para as pessoas na calçada, para as casas e os prédios onde moravam — em todos eles, todos! — famílias equilibradas e felizes.

Houve um tempo em que ele, o pai, amou a vida que tinha, amou intensamente sua vida: o casamento, a casa, o dia a dia. Era uma vida boa, satisfatória a que ele tinha ao lado da mulher e do filho, protegendo-os, vivendo para eles, encontrando nisso um sentido e uma lógica para sua vida. Ele se lembra bem de como gostava de abraçar e beijar o bebê, sentir seu cheiro, ouvir os primeiros sons que ele tentava articular, e mais tarde jogar bola com ele na praia, acompanhar seu crescimento, levá-lo à escola. Mas então alguma coisa aconteceu dentro dele. Uma insatisfação que não parava de crescer e crescer e crescer, insatisfação que, em algum tempo, passou a vir misturada com tédio e frustração e depois com amargura e agressividade. Ele não havia se arrependido de ter se casado e tido um filho, não era isso. Apenas chegou um tempo em que, ao olhar para o que tinha construído, ou para aquilo que achava que tinha construído, ele tinha um sentimento estranho, como se não se reconhecesse naquela situação, desempenhando aquele papel. Talvez não tivesse sido feito para aquele tipo específico de vida, ele chegou a pensar.

E tudo isso — a insatisfação, o tédio, a frustração, a amargura, a sensação de deslocamento —, tudo isso ele, um dia, começou a tentar diluir com a ajuda do álcool. Perdeu as contas de quantas vezes, enquanto caminhava sozinho pelas ruas da cidade, à noite, se perguntou o que estava fazendo ali, sem encontrar resposta. Em casa, cada vez passava mais tempo dormindo. Os fins de semana se tornaram uma enfadonha e venenosa sequência de minutos e horas de corrosão interior.

Um dia ele bateu no menino. Bateu de verdade. Bateu na cara, com raiva. Bateu porque não suportou a pergunta que o menino lhe fizera sobre onde ele, o pai, estava até aquela hora da noite. Foi a primeira vez que agrediu o menino. Na hora, sentiu-se afrontado em sua condição de chefe da família, de macho, de PAI, e perdeu a cabeça. (O menino fizera essa cobrança ao pai depois de ser instigado pela avó — "Você já é um homem, um homenzinho. Da próxima vez, pergunte onde ele estava. Ele tem que dar uma explicação!")

O arrependimento do pai foi imenso. Um sentimento de

culpa o fustigou por dias, semanas a fio; pôs um céu negro sobre cada uma de suas horas, cada um de seus passos, cada um de seus pensamentos. Nos olhos da mulher ele via recriminação, mágoa e, o que era o pior de tudo, via pena e infelicidade.

Essa agressão ao menino foi um acontecimento determinante para que ele começasse a se dar conta dos erros que vinha cometendo e dos erros ainda maiores que estava por cometer se não mudasse sua maneira de pensar. Hoje, ele trava uma luta feroz, uma guerra íntima e solitária e muitas vezes inglória contra o sabotador que vive dentro dele.

Sabe que a mulher sofre por causa do sofrimento dele e sabe que o menino, de alguma forma, também percebe o que está ocorrendo com o pai e sofre. E é por eles que agora está em guerra, é por eles que está travando essa luta feroz, solitária, na qual o avanço é lento e inconsistente e frágil e trôpego. Ele se deu conta — com profundidade e de maneira absolutamente clara — que tem muito a perder, e não quer perder o que tem.

Ele sabe, tem total consciência de que o álcool não é a causa de nada, de que sua guerra não é contra o álcool; é contra o animal sinistro que vive em seu coração, o vírus insidioso que perturba e nubla e corrói seu pensamento. O sabotador. O álcool é a ponta visível e óbvia do que se esconde abaixo da linha da água, da linha da alma.

No ônibus, à medida que se aproximam do estádio, a expectativa vai tomando conta do menino. Para ele, o futebol é um abrigo, um farol, um carro de fuga sempre à sua espera com o motor ligado, pronto para levá-lo para longe do perigo, em completa segurança. Às vezes — quase sempre; sempre! — parece que só o futebol é capaz de tirá-lo daquele estado de espírito de medo e angústia no qual alguns de seus dias — quase todos — haviam mergulhado nos últimos tempos. O futebol o resgata disso, o leva a outros estados emocionais, o faz viajar e permite que ele seja o que de fato é: um menino.

Ele joga futebol no colégio (nas aulas de educação física) e no campinho perto de sua casa, até escurecer e todos os companheiros se dispersarem, entre eles o menino ruivo, seu melhor amigo. E, claro, assiste à maior quantidade possível de jogos na TV, tudo o que consegue, porque todos os jogos lhe interessam, faz plantão na internet, sempre que pode compra revistas especializadas... Também joga futebol de botão, e muito bem. Os botões, de tamanhos e cores variados, levam o nome dos jogadores do seu time, o time da camisa tricolor e do calção branco. É quase sempre campeão ou vice-campeão dos torneios e, quando fica em terceiro ou quarto lugar, considera isso um fiasco. Nesses torneios, que geralmente duram uma tarde, muitas amizades terminam para sempre e recomeçam no dia seguinte.

Fora convocado para a seleção do colégio duas vezes. Seu colégio, já há alguns anos, tem um dos melhores times de futebol entre as escolas públicas de ensino médio da cidade. Nas duas ocasiões em que fora chamado pelo professor de educação física (que também era o técnico), ficara na reserva. Era atacante, com uma tendência natural a posicionar-se à direita no campo. Nas duas vezes, entrou em campo faltando coisa de 10 minutos para o fim do jogo e não conseguiu mostrar quase nada. Ele nunca soube disso, mas, na segunda partida, fez uma jogada que deixou o professor-técnico impressionado. Dominou uma bola difícil, uma bola espirrada que veio a meia altura, sobre a linha da lateral, arrancou em velocidade, driblou o primeiro adversário e, na sequência, com uma finta muito malandra, de menino que aprendeu a jogar cedo, no meio da rua, enganando latão de lixo e hidrante, deixou o segundo marcador sentado. Quase na marca do escanteio, pisou na bola, olhou para a área e cruzou, mas colocou muita força e a bola foi sair lá pela outra lateral. Ele não soube o que pensar do lance na hora — se havia sido bom ou ruim. Sabia que tinha se saído bem na hora de passar por aqueles dois caras, mas o cruzamento...

O futebol torna melhor a vida do menino. O futebol faz sua vida ser boa, ou quase isso (os últimos tempos não têm sido nada fáceis para ele), o futebol é o lado bom de sua vida. O futebol lhe dá forças. No futebol ele é seguro e feliz.

O time que é motivo de profunda e devotada paixão do menino está concentrado em um hotel cinco estrelas na Zona Sul da cidade. Os jogadores acabaram de fazer o lanche e agora estão no salão de eventos do hotel, que foi trancado a sete chaves, preparando-se para a preleção do treinador. Será uma preleção, como sempre, baseada na parte tática, mas também terá uma boa dose de apelo à emoção dos jogadores, porque o jogo de hoje não é um jogo qualquer, é um clássico, o maior clássico do estado, um dos principais do país, um clássico que o time não vence há muito tempo, mais precisamente há doze confrontos.

Os jogadores, em sua maioria, estão ansiosos, mesmo alguns veteranos. Tem havido muita pressão da imprensa, muita crítica, a pressão em cima do técnico, de quem quase todos os jogadores gostam, e gostam muito; é um sujeito honesto com eles, um sujeito que diz, olhando no olho do jogador, se vai mandar o jogador para o banco ou se sequer vai relacioná-lo para a partida; um sujeito que dá chances iguais para todos. Muitos jogadores reunidos ali, naquele salão de eventos de hotel, querem vencer o jogo de hoje principalmente por causa do treinador; querem fazer isso por ele.

Enquanto o treinador não começa a preleção, lá no fundo do salão dois médicos do clube conversam com um jogador. Os três estão sentados. O jogador faz uma cara de quem não está no melhor dos seus dias. O jogador aponta para a região do púbis. Os médicos apenas olham. Distante deles, um jogador muito jovem, um jogador sem idade sequer para ter barba, está sentado em uma fileira de cadeiras e dá tapas nas orelhas de um companheiro que está na fileira à sua frente; dá um tapa, espera um momento, e dá outro, até que o jogador que está à sua frente se levanta e ameaça ir para cima dele e o garoto finge que vai fugir, e os que estão em volta deles começam a rir. Em um outro ponto do salão, dois jogadores conversam em tom muito grave; são dois zagueiros, que parecem combinar alguma coisa, com palavras e semblantes de defensores, gente acostumada a enfrentar dificuldades e receber pouco reconhecimento. Então o técnico, com o cansaço estampado no rosto, marcas de expressão e olheiras se sobressaindo como comendas sinistras fincadas sobre a pele, pede a todos que se aproximem, que cheguem mais perto, que "o papo hoje vai ser rápido mas importante". E todos eles então calam a boca.

No *lobby*, há muitos repórteres de TV, jornal e rádio, e, além dos jornalistas e dos hóspedes, muita gente circula por ali, muitos torcedores, alguns tentando passar despercebidos, sobretudo os mais jovens.

Em um canto afastado, no *lobby*, o presidente do clube está acomodado em um sofá de couro. Ao seu lado, há um assessor e, à frente deles, em uma poltrona que faz conjunto com o sofá, está sentado um empresário que tem cinco jogadores do clube como clientes. Na verdade, esse empresário — veterano no ofício, dono de vários negócios ligados ao futebol e com acesso livre às salas do clube, inclusive à sala da presidência, na qual entra sem precisar ser anunciado pela secretária —, esse empresário é que, na prática, é o cliente dos jogadores que representa. Há filas de jogadores querendo colocar suas carreiras nas mãos desse homem, que agora diz ao presidente:

— Se o Helinho entrasse em campo hoje, seria uma ótima. Tem esse pessoal da Alemanha que está aí para dar uma olhada geral nos jogadores, e eu tenho certeza de que se visse o Helinho...

— Pois é, vamos ver, quem sabe ele entra...

— Seria uma boa.

Eles se calam. O empresário olha para o presidente e para o assessor.

— O negócio com o Gian foi uma bênção, hein?

— É, pode ser — diz o presidente. — Mas é o nosso melhor jogador...

— Mas vai deixar um dinheiro bom aqui no clube, e não só no clube, né? — diz isso e ri. — Rapidinho a gente acha um boleiro do nível dele pra trazer pra cá, fique tranquilo.

— Sei...

— A torcida vai se esquecer do Gian rapidinho, você vai ver.

— É, pode ser.

— Fique tranquilo.

— Vou ficar.

— É isso aí.

Em outro canto do *lobby*, no bar, há um homem sorridente e uma mulher de óculos escuros que o ouve sem dizer nada. Estão sentados nas banquetas junto ao balcão. Ele é jovem, usa camiseta de uma grife esportiva mundialmente famosa, um boné da mesma marca e uma corrente de ouro comprida e grossa. O *barman* acaba de colocar à sua frente uma cerveja *long neck* importada.

— Eu sou amigo dele, amigo de verdade. Sou amigo dele desde muito antes de ficar famoso.

A mulher dá um sorriso meio forçado, balança a cabeça afirmativamente e diz:

— Sei.

— Daqui a pouco ele vai subir pro quarto pra pegar as

coisas dele, e então, quando ele passar por aqui, a caminho do quarto, eu vou te apresentar a ele, rapidinho, e a gente combina o encontro pra depois do jogo. Entendeu?

A mulher está sentada de costas para o balcão, de maneira que possa observar todo o movimento no *lobby*.

— Entendi. Você já me disse isso três vezes, agora quatro.

— A gente estava sempre junto, pra cima e pra baixo. Aí ele começou a levar a sério esse negócio de jogar bola, batalhou, virou profissional, começou a ganhar dinheiro, ficou famoso, foi pro exterior, voltou... Mas a gente sempre manteve contato. Irmão é irmão, sabe como é que é... O tempo passa, tem a distância, mas a ligação permanece.

O *barman* finge que não está escutando. Neste momento, coloca alguns copos na pia e ajeita algumas garrafas que estavam fora de lugar na prateleira.

— Sou o único amigo dele das antigas. O que eu pedir ele faz. O que ele me pedir eu faço.

A mulher ao lado dele apenas concorda, balançando a cabeça, varrendo o *lobby* do hotel com um olhar inquieto. Ela está com uma calça *jeans* preta colada ao corpo perfeito, um *top* branco que transforma a silhueta de seus seios em uma obra-prima da natureza e usa sandálias de salto alto.

— Pois é — o sujeito prossegue. — Você vai curtir muito conhecer ele. Ele é muito gente boa. De repente até rola um lance mais duradouro entre vocês, quem sabe? Por que não?

Ele bebe a cerveja. Passa a ponta do dedo indicador no fundo da pequena cumbuca à sua frente, na qual havia amendoim salgado, lambe o dedo e bebe mais cerveja.

A mulher escaneia o *lobby* do hotel. Umedece os lábios com a língua, abre a bolsa, tira uma cartela de chicletes e coloca um na boca. Oferece um chiclete ao homem e ele não aceita.

— Hotel maneiro — ele diz, olhando para lugar nenhum em especial.

E ela concorda:

— Maneiríssimo.

— Hoje temos que ganhar de qualquer jeito. Se não for na bola vai ser no soco!

Os dois se sobressaltam; pai e filho são retirados de seus devaneios pelas palavras de um sujeito de seus 20 e poucos anos vestido com a camisa tricolor do time do menino. Ao seu lado, de pé, olhando para baixo, em direção ao menino e seu pai, há um outro sujeito que aparenta a mesma idade do primeiro e também veste a camisa do clube, só que este está usando um boné com a aba virada para trás. As várias paradas para entrada de passageiros feitas até ali resultaram no aumento do número de torcedores do time do menino dentro do ônibus.

O pai olha para dois jovens em pé, sente o cheiro de cerveja que emana deles, sorri e olha para o lado, olha para o filho. O menino olha para o pai e depois para os dois.

— Um a zero já tá bom — diz o rapaz do boné. Ele responde a seu companheiro, mas olha para o menino e sorri.

O outro diz:

— Um a zero, aos 48 do segundo tempo, com gol de mão e em impedimento!

O outro completa:

— E fazendo falta no goleiro!

O menino ri (um riso tímido), o pai também (um sorriso meio forçado). Os rapazes de pé, ao lado deles, estão inspirados e com a adrenalina alta:

— E aí a torcida invade, que é pra não ter mais jogo! — diz o do boné.

Diz isso e os dois começam a entoar um dos cantos de guerra do time, outros acompanham, outros — os adversários — vaiam e começam seus próprios cânticos e a gritar seus cantos de guerra e o pai sorri meio sem jeito, pouco à vontade, e olha para o filho e o coração do menino bate mais rápido agora, mas é um sentimento bom, muito bom, uma excitação que vem do prazer e do orgulho de estar ali, de fazer parte daquilo, naquele momento, com aquelas pessoas que nunca viu antes, e ao lado de seu pai — mesmo que ele, o menino, sinta que existe entre eles uma distância e uma desconexão que, por ora, parecem insuperáveis; mesmo assim é bom estar ali, ao lado do pai, dentro daquele ônibus, indo para o jogo, com aquelas pessoas que usam o uniforme igual ao seu.

O pai olha para os dois sujeitos de pé ao lado dele no ônibus e vê a si mesmo, uns 25 anos atrás, talvez um pouco mais. Vê a si próprio indo para o jogo com seus colegas da faculdade de Ciências Contábeis e seus amigos do bairro. Ele se pergunta onde foi parar sua alegria? E aquela despreocupação? E aquele bem-estar simples e gratuito?

A vida do menino, que o futebol, e apenas o futebol, evita que seja um inferno completo, é assim por causa de uns pensamentos estranhos que se fixam em sua cabeça e não saem de lá de jeito nenhum. Ele nunca falou disso com ninguém, nem com seu melhor amigo, o menino ruivo, nem mesmo com a psicóloga com quem a mãe e a avó decidiram que ele deveria conversar uma vez por semana. Com essa psicóloga, chegou a tentar, tangenciou, mas não se abriu. Sobre o que são esses pensamentos? Sobre coisas aparentemente desconexas. Durante meses foi açoitado por uma preocupação (sem qualquer base na realidade) relacionada à morte do avô, o vô Raul, pai de sua mãe. Ele adora o avô e, um certo dia, começou a temer que a morte fosse levá-lo, levá-lo em breve, muito em breve. O avô é saudável, um homem recém-chegado aos 70 anos. O menino foi tão fundo em seu poço, que chegou a um ponto em que chorava sozinho, em seu quarto, no escuro, e ia à igreja para rezar e rezar e rezar pelo avô, às vezes fazendo isso mais de uma vez por dia, em uma igreja perto do prédio onde moram. Esse problema tirou a graça de sua vida durante meses. Tornou sua vida uma sucessão de horas e minutos e segundos de absoluto sofrimento, uma tortura. Sentia-se só, desamparado e profundamente triste. Um dia, há pouco tempo, ele não resistiu e, depois de um almoço de domingo na casa dos avós, no momento da despedida, disse para o avô:

— Vô, eu não quero que você morra!

O desconcerto foi geral. Ninguém entendeu aquilo, talvez apenas o avô tenha intuído algo, tenha, de certa forma, compreendido o que estava se passando, e então ele disse ao neto:

— Não fala assim, meu filho, porque senão o vô vai ficar preocupado...

Houve alguns risos forçados, risos de distensão depois que o avô disse isso. O menino foi embora sozinho, não acompanhou os pais, disse que ia passar na casa de um amigo, e de fato fez isso, e, dessa forma, com aquele desabafo que já não podia ser contido por mais um minuto sequer, a tortura parou e a dor foi embora.

Antes disso, houve uma fase, também muito sofrida, torturante, em que achou que não poderia realizar seu grande sonho, de ser jogador de futebol. Isso porque seu tornozelo direito ficara um pouco mais inchado do que o esquerdo depois de uma imobilização de três semanas por conta de um rompimento dos ligamentos durante uma partida de futebol no pátio da escola. Depois que tirou a tala, ele começou a neurotizar de tal forma aquela lesão e suas "possíveis" sequelas que, de repente, em dado momento, passou a se sentir como um aleijado, nada menos que isso, uma pessoa fisicamente incapaz para jogar futebol, o que não correspondia, em absoluto, à realidade.

Eram sobre coisas assim seus pensamentos fixos.

Claro, ele também tinha seus problemas "reais", "externos". Mas, ora, pensava, todo mundo tinha um cara no colégio que lhe enchia o saco. Ele não era de brigar, não tinha um temperamento agressivo, e isso, às vezes, quando é percebido pelos caras errados, é o mesmo que assinar uma declaração de covarde, medroso, cagalhão, bunda-mole, filhinho de mamãe, bicha. Ele estudava em um colégio público de classe média, num bairro de classe média, e, muitas vezes, a paz individual era conquistada (muitas vezes só podia ser conquistada assim) com os punhos fechados e uma vontade de bater e bater e bater até ver sangue no rosto e na camiseta do oponente. Ele preferia não brigar, andava com meninos que não gostavam de brigar (o que os transformava, todos eles, em alvo preferencial), mas por duas vezes teve de ir para os fundos de uma garagem ao lado de um terreno baldio perto da escola para resolver no soco o que não podia mais ser resolvido de outra forma. Isso era normal, ele considerava. Ter de brigar de vez em quando, era normal, assim como ser perseguido, de tempos em tempos, por um menino candidato a tornar-se um psicopata no futuro, um valentão com potencial para se transformar em assassino serial. E, claro, há uma menina de quem ele gosta muito, uma menina que é irmã de um dos futuros bandidos de verdade dos quais ele tem que desviar várias vezes a cada dia na escola, uma menina de cabelo comprido que olha para ele do mesmo jeito que ele olha para ela. Mas eles nunca conversaram e, a cada dia, a cada olhar na hora do intervalo, ele acha que a coisa fica mais difícil, mais impossível de acontecer.

Quando o pai começou a chegar em casa cada vez mais tarde, falando com a língua enrolada e cheirando a cerveja e uísque, e então quando foi esbofeteado pelo pai, sob o olhar de pavor e impotência da mãe, o menino conseguiu um outro motivo "real", "externo" para se preocupar.

Aquela agressão do pai mudou alguma coisa dentro do menino. Naquele momento, ele, o menino, começou a "entender", a "pensar" a vida, a sua vida, de uma forma diferente, até então desconhecida. Ele não deixou de amar o pai, não desistiu do pai, apesar de a ferida ter sido profunda.

Mas existe o futebol na vida dele.

O ônibus em que estão o menino e o pai se aproxima do estádio. Dentro do ônibus, os ânimos ficam mais exaltados; é uma excitação infantil, barulhenta, estridente, irrefreável, uma euforia que é melhor do que qualquer outra sensação. O ônibus reduz a velocidade, todos vão se levantando dos assentos, o pai e o menino já estavam de pé no corredor antes mesmo de o ônibus começar a desacelerar, o menino à frente do pai, o pai com uma das mãos no ombro do menino, o menino querendo sair em disparada assim que a porta se abrisse, desejando voar para dentro do estádio que ele conhece tão bem, o estádio no qual ele já assistiu a jogos praticamente de todos os lugares possíveis, só não foi à tribuna de honra e aos camarotes.

Assim que o ônibus para no ponto e o motorista aciona o dispositivo que faz abrir a porta, os passageiros, com suas camisas dos dois clubes que vão se enfrentar dali a um par de horas, um pouco menos, vão descendo na ordem e com a calma possíveis, ordem e calma inexistentes, e então vão chegando à calçada inundados de um sentimento de felicidade e alívio e conquista, simplesmente por estarem ali. Todos — todos —, uns rapidamente, outros com mais vagar, numa contemplação quase religiosa, olham para o estádio,

45

sua imponência de concreto, o lugar de paixão, de adoração, e começam a caminhar em direção aos portões que lhe darão acesso à terra prometida, ao solo sagrado.

O pai diz, de repente:

— Vamos encontrar o meu conhecido.

— Onde é que ele está? — pergunta o menino, olhando em volta, para o movimento nas imediações do estádio, gente e automóveis passando com bandeiras e faixas, buzinas, gritaria, os vendedores de cerveja e refrigerante em sua ladainha, os policiais militares caminhando em grupos e montando seus cavalos, os cambistas que se aproximam deles em sua atitude suspeita e pretensamente discreta, e o menino está completamente absorto, vai se deixando absorver por aquela sinfonia caótica, aquele mantra *hardcore*, aquela feira livre de cores, credos, timbres e gestos.

— Onde é que ele está? — o menino repete, quando consegue se desvencilhar, mesmo que por apenas alguns segundos, daquela hipnose.

— A gente ficou de se encontrar ali perto do portão 5. No bar.

Então, de repente, é como se o coração do menino tivesse parado de bater e uma chuva de pregos enferrujados e giletes afiadas se abatesse com fúria sobre ele. *Ah, não!*, ele pensa. *O bar não, o bar não, por favor, o bar não, por favor!*

A imagem, tantas vezes vista, do pai, bêbado, dormindo no sofá, de madrugada, geralmente de barriga para baixo, às vezes com uma baba saindo pela boca, "coroada" pela lembrança daquela noite, daquela madrugada em que o pai lhe bateu bateu na cara, tornou-se um martírio para o menino, o terror completo.

Por que no bar, por que no bar, por que no bar?, o menino continua a se perguntar, agora na iminência do choro. Mas não chora, resiste; segura as lágrimas, olha para o lado oposto de onde está o pai, olha para outros meninos caminhando com seus pais e suas mães e seus irmãos e seus avós, olha para o estádio que ele tanto ama, o lugar onde ele gostaria de passar os seus dias, todos os dias, dia e noite, e segura o choro e não diz nada e segue em frente, andando ao lado do pai, carregando um peso enorme no peito, como se não fosse um menino; como se fosse um velho.

O ônibus do time do menino deixa o hotel em direção ao estádio. Lá no fundo, um grupo faz uma batucada e canta samba e pagode. Alguns, mais afastados, ocupantes das poltronas do meio e da frente, rezam, sozinhos, descolados da realidade que os cerca. Outros simplesmente conversam e há os que, apesar da batucada que vem lá do fundo, conseguem ouvir música em seus MP3 e iPods. E há os que não fazem nada disso e apenas olham pela janela, olham para a rua, para o movimento lá fora, olham para um ponto qualquer no horizonte e pensam em quanta luta e em quanto sacrifício e também em quanta sorte foram necessários para estarem ali, dentro daquele ônibus.

Lá na frente, na primeira fileira de bancos, o treinador e seu auxiliar técnico conversam. São velhos companheiros, sabem que fizeram o melhor possível ao longo da semana. Usaram toda a sua experiência, todo o seu conhecimento. Não estão confiantes nas chances do time no jogo de hoje, mas têm de aparentar que acreditam no triunfo. Olham um para o outro e são como atores agora. Olham para os lados e são quase atores agora. Pensam na vida e no mundo e no futebol e são, mais do que nunca, atores agora, porque não podem, jamais poderiam, ser transparentes agora.

O ônibus tem as três cores do clube e é saudado com buzinadas pelos torcedores que reconhecem o veículo, que vai vencendo ruas e avenidas, mais ruas e mais avenidas, até chegar ao estádio, entrar no pátio interno e estacionar em frente ao vestiário principal. Há um grupo de torcedores ali, esperando para ver os jogadores, para saudá-los e encorajá-los, e então eles começam a descer do ônibus, um a um, para os aplausos e os gritos das pessoas que estão ali, mantidas a distância pelos cordões de isolamento e pelos seguranças do clube.

O menino e o pai completam quase uma volta inteira em torno do estádio e por fim chegam ao bar, que se chama Portão 16. O bar se chama assim porque no estádio há apenas 15 portões de acesso.

O bar é pequeno e está cheio. Não há mais lugar no balcão nem nas mesinhas lá dentro, e uma pequena multidão ocupa a calçada em frente. Ali só há torcedores do time do menino, uma massa compacta de camisas tricolores. Com essa visão, o peito do menino se alivia um pouco; ele gosta de estar ali, apesar de ser um bar, gosta de estar ali porque sente fazer parte daquilo, está à vontade com aquele monte de gente vestindo camisas iguais à sua, ele sempre se sentiu assim no meio de um grupo com camisas iguais à sua. A maioria das pessoas na calçada bebe cerveja e fala alto. As pessoas têm quase todas as idades possíveis. Estão felizes, identificam-se umas com as outras, estão entre iguais, sentem-se orgulhosas e protegidas e compreendidas e benquistas. Sentem-se parte de algo que é muito importante para elas.

O pai diz:

— Vamos ver se ele está lá dentro. Vem.

O pai está ciente da preocupação do menino. Percebeu isso no semblante do filho quando disse a ele que iriam encontrar o conhecido no bar. Não parece, mas o pai é um homem de sensibilidade, tem percepção aguçada para as reações das pessoas. É um homem nascido no interior, que morou em pensão enquanto trabalhava em um banco e fazia faculdade. Os mais apressados poderiam defini-lo como um homem tosco e ele até gostava de pensar em si mesmo como um homem rude, nascido no interior, filho de um homem rude e neto de um homem ainda mais rude, mas, na realidade, era uma pessoa reservada e introvertida e em cuja natureza não se destacava o senso de humor, apenas isso. No seu universo íntimo, na quietude das suas caminhadas matinais pela praia e no ritual de sua bebida no fim do dia, ele se sabia um homem de sensibilidade e se aceitava como tal. Várias vezes se perguntou se com seu pai ocorre o mesmo e se também era assim com seu avô. Pergunta-se se, por trás da fachada de homens duros, eles, nos seus momentos de sintonia com sua essência, com o seu centro, admitiam certas coisas, mesmo que a palavra "sensibilidade" nunca tivesse entrado nessas reflexões, nem mesmo a palavra "reflexões".

Ele está firmemente determinado a não dar motivos para a preocupação do menino. Está decidido, talvez como nunca antes, a não decepcionar o filho.

— Lá! — diz o pai. — Ele está lá! — e aponta para algum lugar no fundo do bar. O pai tem ambas as mãos sobre os ombros magros do menino e vai dizendo "com licença, com licença" para abrir caminho, até chegarem ao fundo do bar. Um homem está de pé ao lado de uma mesinha e acena para eles. É um homem bem mais velho do que o pai, o menino logo constata. Um homem de cabelos brancos e de pele escura, mas não muito escura, mais ou menos escura, e uma barriga grande. Ele sorri para o pai e faz sinal para que se aproximem usando os dedos da mão esquerda.

— Tudo bem? — diz o pai, e o homem estende a mão e cumprimenta o pai, dizendo:

— Tudo bem, tudo bem.

Em seguida, o homem olha para o menino e pergunta:

— Pronto para o jogo?

O menino balança a cabeça para cima e para baixo e diz:

— Tô.

O pai diz o nome do menino ao homem, que diz seu nome ao menino e o cumprimenta com um "muito prazer".

Em seguida, o homem pergunta ao menino o que ele quer beber, o menino olha para o pai, aguarda um sinal de aprovação, recebe o sinal, e responde:

— Uma Coca.

— Fiquem aqui — diz o homem. — Já volto, rapidinho.

Ele se dirige ao balcão, fala com o sujeito que está perto do caixa e que parece ser o dono do bar (é o dono), pega duas garrafas — uma de Coca-Cola e outra de cerveja, esta com um copo emborcado sobre o gargalo, e vem até eles.

Não há cadeira em torno da mesinha, então os três permanecem de pé, muito próximos. O burburinho no bar é grande. O homem sorri e entrega a garrafa de refrigerante ao menino, que lhe agradece, e coloca a garrafa de cerveja sobre a mesa. Havia outras duas garrafas de cerveja, vazias, sobre ela. Ele entrega o copo ao pai do menino e o serve. O pai olha para o menino, que, ao perceber isso, desvia o olhar do copo do pai. O homem mulato de cabelo branco diz:

— À nossa — e então ele e o pai batem os copos. Aquilo, o menino já aprendeu, é um brinde. E não vê a menor graça naquilo, acha que é uma besteira.

O homem bebe quase todo o conteúdo do copo de uma só vez. O pai dá dois goles curtos e coloca o copo sobre a mesa.

— O seu Délio foi jogador — o pai diz ao menino.

O menino olha para o homem.

— Mas você não viu ele jogar — o pai acrescenta. — Quando ele jogava você ainda não era nascido.

O homem olha para o menino e continua a sorrir. É um

sorriso que agrada ao menino, um sorriso de avô, um sorriso realmente parecido com o que tem o seu avô, pai de sua mãe, o avô querido.

— Só que não me chamavam de Délio — diz o homem. — Me chamavam de Dedé.

Alguma coisa balançou dentro da cabeça do menino e fez disparar um som de sirene.

— O senhor é o Dedé???

Agora foi a vez de o pai também sorrir.

— Ele mesmo — diz o ex-jogador.

— O Dedé centroavante?

— Sou eu, sim senhor. — E dá-lhe mais sorriso.

O menino quer ser jogador de futebol, claro. O futebol é o futebol, e a vida do menino orbita em torno desse sol, sim, isso não mudou, mas ele começa a desenvolver um leve interesse, uma ainda inconsistente curiosidade por outras coisas. Quando, no colégio, começam a conversar sobre que profissão vão escolher, e quando ouve dos colegas respostas como "engenheiro de petróleo", "microbiologista" ou *designer* gráfico", ele pensa, cada vez com mais frequência, que talvez possa vir, um dia, a querer ter uma dessas profissões que os colegas dizem querer ter, mas, por enquanto, ser jogador de futebol ainda é o sonho, o objetivo, a palavra de ordem. A prioridade.

Ele está decidido a participar de uma das peneiras organizadas pelo seu clube do coração. Mas acha que ainda não chegou o momento. Está com medo de não ser aprovado, a realidade é essa. Está apostando suas fichas na seleção do colégio e nos olheiros que vão assistir aos jogos. No ano passado, um de seus companheiros da seleção, um menino entroncado e com fôlego interminável que jogava de volante, número 5, foi chamado para as categorias de base do clube do menino. Foi lá, fez os testes, passou e agora joga no clube da camisa tricolor, o time do menino, e, no colégio, conta seus feitos e suas experiências para colegas embasbacados e sonhadores. Sim, por enquanto ele não vai tentar a peneira. Vai tentar virar titular na seleção do colégio e ser convidado por um olheiro para ir fazer teste no clube. Esse é o plano no momento.

O homem de cabelo branco e pele escura que um dia o país todo chamou de Dedé e que fez muitos gols pelo time do menino e por outros quatro clubes tem uma pergunta a fazer ao menino. Uma pergunta que pode trazer muita felicidade a vidas como a do menino que agora está à sua frente bebendo uma Coca-Cola.

O homem bebe mais dois, três goles de cerveja, olha para o pai, vira-se para o menino e diz:

— Você quer entrar no vestiário?

O menino sente o coração disparar. Tenta se mostrar contido, tenta aparentar controle e forjar uma atitude fria que o faz assumir quase uma postura cômica. Um esforço com resultados tão eficazes quanto uma caneleira de papel poderia ter, mas ainda assim um esforço desempenhado com bravura. Por dentro, o menino estava dando saltos acrobáticos, triplos mortais invertidos.

O ex-jogador se tornou conselheiro do clube há dez anos, um par de anos depois de ter começado a trabalhar com imóveis (ele tem uma pequena imobiliária no centro da cidade). É um antigo ídolo e participa do dia a dia do clube. Conversa com o presidente, de quem é próximo, apesar de não serem íntimos, com diretores e funcionários de posições hierárquicas as mais diversas. Tem todas as portas do clube abertas para ele — e é sempre bem-vindo ao vestiário. É uma presença discreta, bem-humorada e positiva, que faz bem ao ambiente. O ex-jogador transita no vestiário com desenvoltura sem ser invasivo. E é amigo, bastante amigo, do atual técnico do time, amigo mesmo, compadre, haviam começado juntos como profissionais, jogado juntos em dois clubes, e a amizade jamais foi interrompida depois disso.

O ex-jogador chamado Délio, mas de quem os torcedores mais velhos se lembram como Dedé, faz questão de pagar a conta e, enquanto faz isso, no balcão do bar, conclui que realmente simpatiza com aquele sujeito meio triste, meio soturno, o contador que, com muita competência e tranquilidade, o havia ajudado a evitar o surgimento de problemas com a Receita Federal por causa de umas declarações de imposto de renda muito (e perigosamente) malfeitas pela pessoa que costumava cuidar desses assuntos para ele. Sim, gostava do sujeito e também do filho, coisa de simpatia instantânea. Ele sente naquele menino tensão, desassossego, hesitação — talvez tudo isso possa ser traduzido numa palavra: medo —, mas também sente nele uma coragem e uma bondade e uma pureza e uma ternura (ternura pelo pai, estava na cara), e essas percepções, esses sentimentos resultaram em um desejo de fazer alguma coisa por aquele menino, alguma coisa boa, da qual o menino pudesse se lembrar para sempre e que o ajudasse a carregar o peso que levava sobre os ombros, seja lá qual for, sabe-se lá qual é.

O pai e o menino aguardam o ex-jogador na calçada em frente ao bar. O menino não consegue parar. Vira-se para a rua, depois volta-se para o bar, então olha para o pai, e aí recomeça tudo outra vez. O pai diz:

— Por essa você não esperava, hein?

O pai tenta sorrir ao dizer isso, tenta ser agradável com o menino, seu filho. Acende um cigarro, coloca uma das mãos na cintura, olha para o chão, depois para o menino e então para o chão outra vez.

O menino é uma bomba de euforia pronta para explodir.

— Lá vem ele! — o menino diz. — Ele está vindo!

O ex-jogador junta-se a eles na calçada, sempre sorrindo, um sorriso do qual o menino se lembrará até o seu último dia neste mundo, e diz:

— Vamos lá?

Atravessam a rua. O menino está entre os dois homens. O ex-jogador diz:

— Por aqui — e vai indicando o caminho.

Caminham com passo firme, mas sem pressa, em torno do estádio. O ex-jogador pergunta ao menino:

— Do nosso time, quem é o melhor, na sua opinião? Qual é o seu jogador preferido?

O menino não precisa de muito tempo para responder.

— O Gian.

O pai sorri de forma imperceptível.

— Ele é bom — diz o ex-jogador. — E de quem mais você gosta?

— Do Zé Nelson.

— É mesmo? E por que o Zé Nelson?

O menino agora demora um pouco mais para responder.

— Porque ele é raçudo.

— Isso é verdade — diz o ex-jogador.

O pai agora sorri um sorriso um pouco mais franco. Olha para o lado e depois para baixo e então em frente, para lugar nenhum na verdade; ele é bom nisso, em olhar para lugar nenhum.

O ex-jogador pergunta ao menino:

— Essa sua camisa já é o modelo novo, não é?

— Já. É nova.

O ex-jogador agora não apenas sorri, ele ri e diz:

— No meu tempo, os clubes ficavam anos e anos com o mesmo modelo de camisa. Para trocar, minha nossa... Levava uma eternidade. Hoje muda todo ano...

— E era assim com os jogadores também, né? — diz o menino, comparando alhos com bugalhos, mas fazendo-se entender perfeitamente. O ex-jogador responde rindo:

— Sim, sim, exatamente, exatamente!

— Mas jogar um ano no mesmo time já está bom, um ano é bastante tempo — diz o menino. — Quer dizer, alguns jogadores eu queria que ficassem mais tempo... Alguns eu queria que ficassem para sempre...

— Como o Gian — diz o ex-jogador.

— E o Zé Nelson — acrescenta o menino.

— E o Zé Nelson, claro.

O menino está em um grau de excitação altíssimo, que aumenta a cada passo, e falante como nunca — pelo menos como o pai nunca vira.

— E o senhor? Qual é o melhor jogador do time, na sua opinião?

O ex-jogador pensou alguns segundos.

— Eu também gosto do Gian e do Zé Nelson, concordo com você, eles são muito bons. Mas atualmente quem está enchendo os meus olhos é o Danilo. Também sou fã do Luizinho.

— Eu também gosto deles — diz o menino —, do Danilo e do Luizinho!

— A torcida está pegando muito no pé do Samuca, você não acha?

— É, mas é porque o Samuca não é... assim... craque — o menino diz, hesitante.

— Mas joga para o time, é muito útil, um batalhador. Se não fosse ele, nossa situação estaria muito pior.

— Às vezes a coisa começa com um passe errado — diz o pai. — Erra um passe aqui, depois erra outro ali, e o pessoal começa a perseguir o sujeito.

— É verdade — diz o ex-jogador. — Aconteceu comigo mais ou menos isso.

— Com o senhor? — perguntam o pai e o filho, quase juntos.

O ex-jogador faz uma pausa, ri com vontade, e diz:

— Eu ainda jogava aqui. Nosso time naquela determinada temporada era bem fraco, aqui entre nós. Errei um pênalti numa partida que perdemos por um a zero. Seria o nosso gol de empate. Até aí, tudo bem para mim. Eu tinha crédito com a torcida, coisa e tal. Mas então, no jogo seguinte, fui tentar um gol por cobertura, errei, e a pegação de pé começou. Eu podia ter simplificado, mandado um balaço rasteiro e pronto, mas eu ainda era garoto, quis fazer uma obra de arte na hora em que tinha que fazer só o feijão com arroz, e aí danou-se. Tinha gente me vaiando quando o pessoal do rádio dizia o meu nome na hora de divulgar a escalação. Pô, e logo eu, prata da casa, artilheiro do time na temporada, cotado para ir à Copa do Mundo...

— E como é que terminou a perseguição? — quer saber o pai.

— Acabou como começou: de uma hora para outra. Em um jogo mais adiante fiz um golzinho de cabeça, em uma cobrança de escanteio, um golzinho meio sem-vergonha, a bola sobrou na pequena área, nem precisei saltar, só deixei a bola bater na minha cabeça, mas foi o golzinho da nossa vitória por um a zero, e a torcida ficou feliz, e estava tudo resolvido.

O ex-jogador é um bom papo, um conversador que tem prazer em estar com as pessoas e falar com elas, sempre foi assim, desde garoto.

— Me diga uma coisa — fala, dirigindo-se ao menino —, além do futebol do nosso país, qual outro você acompanha? Você está por dentro dos campeonatos de outros países?

— Claro, acompanho direto! — diz o menino.

— De onde? Quais?

— Principalmente da Inglaterra e da Itália — responde o menino. — E também da Espanha.

— Sei — diz o ex-jogador. — E quais são as diferenças que você observa entre o futebol de lá da Europa e o nosso? Eu me refiro à maneira de jogar.

— Lá é mais rápido.

— Certo.

— E os caras gostam de chutar de longe, chutam de longe o tempo todo.

— Sim, sim.

— Mas como é difícil sair uma goleada... Difícil pra burro.

— Em alguns lugares, então, uma goleada é uma legítima raridade, é ou não é?

— Nossa Senhora, se é!

— Você é um bom observador — diz o ex-jogador —, analisa muito bem.

O menino gosta do elogio. Vai guardá-lo bem vivo na memória e, quando precisar, vai usá-lo. Por exemplo, com o pessoal do colégio na hora de uma discussão mais quente.

No calor do momento, guiado pelo entusiasmo, ele pergunta ao ex-jogador:

— Qual foi o jogo mais importante da sua vida?

O ex-jogador olha para o menino.

— Pergunta difícil, essa — diz o pai.

O ex-jogador sorri, mas agora está sério. Ele pigarreia e a voz sai muito grave e empostada.

— Foram muitos jogos importantes — diz —, graças a Deus.

E então acrescenta:

— Mas teve um que foi o mais importante de todos para mim.

O menino e o pai estão com toda a atenção voltada para o que diz o ex-jogador. Ele pigarreia outra vez.

— Foi o jogo do nosso primeiro título nacional.

O pai achava que ele ia mesmo dizer que havia sido esse jogo, ao contrário do menino, que não tinha ideia do que viria.

— Você ainda estava longe de nascer — diz o ex-jogador. — Mas seu pai se lembra. Fiz o gol da vitória, faltando sete minutos para acabar a partida. Foi um chute de fora da área, lá da intermediária. Eu não costumava chutar de longe, fiz poucos gols chutando de longe na minha carreira. Acho que foi por isso que tive tempo de pensar no que fazer e preparar bem o chute. O pessoal da marcação não acreditou que eu fosse tentar um chute de longe. Foi maravilhoso fazer aquele gol, ver a torcida naquela festa. Eu tinha feito uma boa partida, consegui finalizar algumas vezes, apesar da marcação duríssima que a gente sofreu. Era o gol da nossa primeira conquista nacional. A cidade enlouqueceu, foram três dias seguidos de comemoração nas ruas. Acho que foi ali que eu entendi com clareza o que um jogador de futebol tem condições de fazer, o que ele pode proporcionar às pessoas.

O ex-jogador para de falar, toma fôlego. (Às vezes, quando estão em alguma ocasião social ou mesmo na informalidade de um programa com amigos chegados, sua mulher ou uma de suas duas filhas precisam fazer um sinal para ele ou cochichar em seu ouvido, pedindo-lhe que fale menos, que se contenha um pouco mais. É uma coisa que já virou motivo de piada na família e entre os amigos mais íntimos.) Talvez ele nem quisesse falar tanto sobre aquilo, sobre aquele jogo; acha que talvez esteja até aborrecendo o menino e seu pai. Mas não está.

— Puxa, eu queria muito ter visto esse jogo! — o menino diz.

— Você ainda vai ver muitos, muitos jogos na sua vida, inclusive jogos melhores do que aquele — diz o ex-jogador — Quem sabe hoje mesmo.

O ex-jogador alimenta a conversa com o menino, joga perguntas e oferece novos elementos a todo instante, e o pai fica se sentindo meio fora daquilo, meio apartado, perdido, deslocado, mas ao mesmo tempo agradece o fato de o ex-jogador ter se juntado a eles porque, caso contrário, ele e o menino estariam caminhando em silêncio nos arredores do estádio, como dois seres sem pontos de contato, sem assuntos em comum, duas pessoas colocadas lado a lado por obra do acaso.

A conversa continua: falam do estádio, que será reformado (alguns conselheiros, o ex-jogador diz, queriam sua demolição e a construção de um novo, mais moderno; o menino já tinha ouvido falar disso e, para ele, é assustador pensar no estádio sendo posto abaixo), falam das possíveis cartas na manga que o técnico do time deles ("Meu grande amigo", diz o ex-jogador) teria para o jogo de hoje, e voltam a falar de Gian, de Zé Nelson, de Danilo e de Luizinho...

E então chegam aos cavaletes que isolam a porta do vestiário.

— Seu Délio, tudo bem? O que é que o senhor acha? Como é que vai ser hoje? — dispara o homem de terno preto e camisa branca, gordo e alto, um sujeito enorme, segurando uma corda azul que está esticada entre um poste de iluminação e outro, deixando a porta do vestiário com folga de espaço vazio de ambos os lados.

— Rapaz, a coisa não vai ser fácil, não vai ser fácil, não — responde o ex-jogador, com um sorriso largo. — Mas o Gian vai arrebentar — ele acrescenta, piscando para o menino.

— Vamos que vamos, seu Délio! — diz o homem gigante, que é um segurança. Ele levanta a corda para o ex-jogador e seus acompanhantes passarem, sem nem mesmo perguntar quem eles são, coisa nenhuma. Apenas levanta a corda para lhes dar passagem.

O ex-jogador se aproxima da porta, que está apenas encostada, dá uma batidinha seca com o nó dos dedos da mão direita e ela se abre. Um outro homem de terno preto, este mais baixo e mais magro do que o primeiro, saúda o ex-jogador.

— Tudo bem, seu Délio, como é que está o senhor?

— Não tão bem quanto você, mas vou indo, vou indo.

O homem do terno preto ri.

— Vou dar um abraço no pessoal. Estou com esses meus amigos aqui...

— Claro, seu Délio, vamos entrando, vamos entrando, que o pessoal já está a mil por hora aí dentro.

Diz isso olhando para o menino, e o ex-jogador gosta da brincadeira do segurança dirigida diretamente ao menino, com seus nervos já expostos e vibrando como se fossem cordas de guitarra.

— Vamos lá? — diz o ex-jogador, voltando-se para o pai e o menino, que olham para ele.

Existe um corredor estreito, longo e escuro. Algumas pessoas vêm e vão, passando por eles sem notá-los. Essas pessoas não são jogadores; são funcionários do clube, alguns usam abrigos esportivos, outros estão com roupas normais do dia a dia. Passam por eles olhando para folhas de papel, outros carregam bolsas esportivas, caixas com copos de água e toalhas.

Aos poucos os três começam a ouvir um burburinho, que vai se transformando, conforme eles caminham pelo corredor, em falatório, falatório alto e então em uma espécie de balbúrdia. Há risadas. E há o som de bolas batendo contra o chão e contra as paredes. No fim do corredor, ou quase no fim, alguns metros antes da escadaria que leva ao gramado, existem duas portas, uma exatamente de frente para a outra, o menino se dá conta disso um tempo antes de chegarem a esse local exato. Eles chegam perto das portas, quase encostados à parede do lado esquerdo do corredor.

— Aqui, à esquerda, fica o vestiário e ali, à direita, é a sala de aquecimento — diz o ex-jogador, apontando de acordo com as informações que verbaliza.

O menino está de boca aberta, os olhos arregalados. O pai olha para ele e sente-se bem, gosta de ver o filho daquele jeito, maravilhado, fica satisfeito com isso.

Ambas as portas estão abertas, escancaradas. Eles entram pela porta da esquerda, no vestiário.

O menino acha que aquilo não é real, que não está acontecendo com ele. Seus sentidos ficam todos alterados. Tudo o que o ouvido capta é uma espécie de zunido, como se uma abelha tivesse entrado em sua cabeça ou alguém lá dentro estivesse usando uma motosserra. Parece que consegue enxergar tudo ao mesmo tempo, como se seu ângulo de visão tivesse se ampliado e agora abrangesse 360 graus, mas isso é assim porque seu pescoço ficou igual a um periscópio de submarino, girando e voltando à posição inicial, e girando para o outro lado e voltando à posição inicial, então girando totalmente para trás e só voltando à posição inicial porque o seu corpo inteiro deu a volta completa. Seu coração vai aos pulos.

O ex-jogador anda à frente deles, abrindo caminho, lentamente, sorrindo, muito à vontade, cumprimentando a todos que surgem à sua frente. O menino o segue quase colado a ele, e o pai vem atrás, pensando que se isso tivesse acontecido uns 35 ou 40 anos atrás ele teria sido a criança mais feliz do mundo. Ele ri do próprio pensamento e admite que, mesmo agora, está achando isso sensacional.

Alguns jogadores estão sentados em seus compartimentos,

lado a lado, ao longo da parede. Não estão todos ali, porque muitos já foram para a sala de aquecimento, em frente ao vestiário. O menino vai olhando para os que estão sentados nos compartimentos, sem querer olhar muito, por timidez, por vergonha e porque não quer parecer o que é: um menino que está entrando pela primeira vez em um vestiário de time de futebol profissional.

Os jogadores que estão ali já estão vestindo uma parte do uniforme de jogo — o calção e os meiões. Usam camisetas de treino, muito parecidas a uma que ele tem em casa, presente de Natal dado pelo avô, e tênis. Ele vai passando pelos jogadores, que parecem muito concentrados, mesmo quando falam e gritam e brincam uns com os outros. O menino vê o zagueirão Vilson Porto, capitão do time, sentado, os cotovelos apoiados nos joelhos, cabeça baixa, olhando para o chão, pensando (pensando em algo muito importante, com certeza), vê o atacante reserva Tuca terminando de vestir a camiseta de treino, de costas quando ele passa. Então um dos jogadores diz:

— Trouxe reforço para o nosso time hoje, seu Délio?

O menino reconhece de imediato o autor da brincadeira. É o lateral-esquerdo Flávio, contratado pelo clube há apenas alguns meses. Flávio é um veterano, um negro parrudo de cabeça raspada.

— Ô rapaz. Como é que você está?

— Tudo bem, tudo beleza, graças a Deus.

— É isso aí. Trouxe este reforço aqui e vou apresentar agora mesmo ele para o chefe — diz o ex-jogador, apontando para o menino com o polegar.

— Vai fundo, seu Délio, vai fundo, que nós estamos precisando mesmo de reforço — diz o jogador, olhando para o menino.

— Valeu, Flavião — diz o ex-jogador, e dá um tapinha no braço do rodado lateral-esquerdo.

Avançam mais e o menino reconhece todos os que estão ali, todos, sem exceção, todos os jogadores diante dos quais vai passando. O ex-jogador vai cumprimentando outras pessoas que não são jogadores, gente com o agasalho do clube. O menino acha que um é o roupeiro (e acerta), imagina que outro é o massagista (e erra), então vê passar, caminhando perto da parede oposta de onde estão, seu ídolo Gian. O jogador caminha em direção à porta do vestiário, vai aquecer, o menino pensa, olhando para o jogador, que não ri, não fala com ninguém, apenas caminha, o passo lento e firme, a cabeça erguida, o olhar direto em frente, até que desaparece do campo de visão do menino.

Chegam em frente a uma pequena sala nos fundos do vestiário, um cubículo. O ex-jogador para, estica o pescoço, olha para dentro e diz:

— Posso entrar?

É a sala do treinador. Lá de dentro vem um grito.

— Entra aqui, seu sacana!

Os três entram e o treinador fecha a porta da salinha. Há pouca coisa ali, apenas o básico para seu ocupante poder trabalhar: uma pequena mesa, sua cadeira, uma outra cadeira em frente à mesa, sobre a qual está uma pasta do tipo arquivo de fichas, uma prancheta, uma caneta e um telefone celular.

O ex-jogador apresenta seus acompanhantes ao treinador.

— Como é que estão as coisas, Pedro? — o ex-jogador por fim pergunta ao treinador.

O treinador não vive um bom momento no clube. Precisa de vitórias. Começando hoje.

— Meio complicadas, meu amigo — ele responde. — Meio complicadas.

— Vamos com o time completo hoje?

— Com o que temos de melhor.

O treinador também fora jogador do clube. Depois rodou por vários clubes no Brasil e então foi jogar no exterior em uma época em que isso não era comum. Encerrou a carreira quase junto com o amigo que agora está à sua frente, meses de diferença entre um encerramento de carreira e outro. Começou como auxiliar técnico em um clube da Terceira Divisão nacional. Participou de campanhas vitoriosas, mostrou competência, foi aparecendo e subindo, já como técnico levou um modesto clube do interior, clube de pouca tradição e torcida, às semifinais da segunda mais importante competição nacional, assumiu o comando de clubes grandes do centro do país — passagens nas quais algum título sempre conquistou —, até que o clube que o lançou como jogador, seu clube do coração, decidiu lhe dar uma chance e o contratou há exatos um ano e três meses.

— Existe alguma profissão mais solitária do que a de técnico de futebol? — o ex-jogador pergunta ao amigo treinador.

— Mais solitária, não sei, mas mais instável não existe.

— Meu padrinho dizia que o técnico de futebol é acima de tudo um solitário. Tem que tomar muitas decisões sozinho, tem que comandar o grupo de jogadores sozinho, tem que assumir os erros sozinho...

— Tem que explicar as derrotas ao presidente sozinho... — interrompe o treinador.

— É...

— Tem que ser chamado de burro sozinho...

Os dois homens então começam a rir, olhando um para o outro.

— E os seus amigos aí? — o treinador pergunta, olhando para o pai e o filho.

— Estão conhecendo o vestiário. São grandes torcedores do clube.

— Ah, mas que beleza.

— E são grandes fãs seus.

— Tá bom, Dedé. Obrigado.

Então o menino fala pela primeira vez:

— É verdade. O senhor é o melhor técnico do Brasil, na minha opinião.

O velho treinador, que traz no rosto as marcas do cansaço, que ama o futebol mais do que tudo, mas que já pensa em parar porque não se sente mais com disposição para tudo o que aquela vida exige, olha para o menino sem dizer nada. Quem, ali, se dispusesse a observar com cuidado notaria um leve brilho nos olhos do veterano homem do futebol, um brilho que só poderia ser atribuído a uma longínqua possibilidade de lágrima.

O técnico olha para seu amigo e diz:

— Dedé, leva eles para conhecerem tudo por aí.

O ex-jogador olha para o rosto vincado do amigo, sorri, depois se volta para o menino e o pai e diz:

— Vamos lá, meus amigos?

O treinador aperta a mão do ex-jogador, do pai e do menino e, quando faz isso, segurando a mão dele, curva-se, porque é um homem muito alto, e diz:

— Bota fé na gente, não nos abandona.

O menino ouve aquilo e sente receber uma importância como jamais antes em sua vida. Aquelas palavras — *Bota fé na gente, não nos abandona* — permanecerão na cabeça do menino por muito tempo depois de ele deixar aquele vestiário e mesmo depois de deixar de ser um menino.

Eles saem da sala do treinador. Ao fechar a porta atrás de si, o ex-jogador pergunta-se se de fato viu o tremor nas mãos do amigo.

Não há mais jogadores no vestiário agora. Foram todos para a sala de aquecimento e é para lá que o ex-jogador, o pai e o menino se dirigem. No caminho, o ex-jogador explica que o treinador já fizera a preleção no hotel onde o time estava concentrado, que o trabalho, neste momento, está sob o comando do preparador físico e seus auxiliares, e que eles três não poderão se demorar na sala de aquecimento; apenas uma olhada e então terão de sair.

Eles saem do vestiário, de onde já ouviam o som das vozes

(dos gritos) e das bolas na sala de aquecimento, atravessam o corredor e então entram no local em que está o time. É um grande salão com grama artificial e um gol com as medidas oficiais lá no fundo, quase colado à parede oposta à da porta de entrada. Os refletores pendurados no teto são protegidos por uma grande rede. O menino está completamente fascinado.

Eles entram e se colocam em um pequeno espaço vazio em um canto da sala de aquecimento. O menino vai identificando os seus heróis, um por um: Gian, seu ídolo maior, Zé Nelson, Joca, Vilson Porto, o único do plantel de jogadores que conseguiu chegar à universidade (faculdade de Educação Física, ainda não concluída), Marçal, o mais tatuado do elenco (tem quatro, grandes: nos antebraços, no peito e nas costas), o goleiro Alex Ritter, que pensa naquela mulher maravilhosa que conheceu no *lobby* do hotel e que lhe foi apresentada por um cara boa gente que ele conheceu há alguns meses, Luizinho, Peri, um zagueiro que canta samba e toca cavaquinho e violão, Danilo, Samuca, filho de um porteiro de prédio e de uma empregada doméstica, Aldyr, Laércio, um volante reserva inconformado com essa condição e que por isso (não só por isso, mas também porque tem um temperamento difícil e algumas graves falhas de caráter) vem semeando um racha no grupo, dia após dia, a cada treino, a cada noite na concentração, o garoto Helinho...

— Olha lá o Gian — diz o ex-jogador. O menino balança a cabeça afirmativamente; já havia localizado seu ídolo no instante em que colocara os pés naquela sala. Gian estava batendo bola com o volante Danilo.

— E olha lá o Zé Nelson — diz agora o pai, colocando a mão no ombro do filho. O menino olha, embevecido, olha para Zé Nelson, volante que o treinador Pedro Jansen vai, gradativamente, transformando em meia-armador, Zé Nelson que saíra de casa aos 14 anos e que, até isso acontecer, até ser salvo pelo futebol, passara fome mais de uma dezena de vezes, fome braba, fome de verdade, e agora está ali, dando saltos no mesmo lugar e conversando com um sujeito de abrigo e boné.

De repente, uma bola vem parar onde eles estão. Fica entre o menino e o pai. O menino olha para a bola. O ex-jogador rapidamente faz a volta em torno do menino, fica de frente para ele e diz:

— Vamos lá, me mostra aí o que você sabe fazer.

O menino, nervoso como ele só, pensa em negar o pedido, mas vai em frente. Coloca o pé direito sobre a bola, uma das bolas que estarão no gramado, que estarão em jogo daqui a pouco tempo, puxa-a para trás, põe o pé embaixo dela, levanta-a e então faz uma, duas, três, quatro, cinco, seis, sete, oito, nove embaixadas, e perde o controle e a bola fica quicando no chão. O ex jogador diz:

— Valeu, valeu, está muito bom.

E então diz:

— Olha lá, estão pedindo a bola. Manda lá para o Aldyr.

O menino se vira e vê o jogador, lá do outro lado da sala de aquecimento, com o braço levantado, pedindo a bola. O menino olha para o pai, depois olha para o ex-jogador, que diz:

— Manda lá.

O menino ajeita a bola com a sola do pé direito e bate de

chapa, coloca uma força considerável no passe, na verdade um chute, a bola atravessa uma boa extensão da sala e chega exatamente onde está Aldyr. Ele faz sinal de positivo, em agradecimento, e o menino retribui.

Isso foi uma experiência e tanto. Foi bom demais.

O ex-jogador pensa rápido. Pensa que talvez não devesse fazer aquilo, mas faz.

— Esperem um pouquinho. Aqui mesmo — ele diz, e então começa a caminhar encostado à parede. O menino e o pai o observam. O ex-jogador faz quase a volta completa na sala e chega perto de Gian. O jogador o cumprimenta e depois, acompanhando o sinal feito pelo ex-jogador com o dedo indicador, olha para o ponto onde o pai e o menino estão. E em instantes começa a caminhar até eles, ao lado do ex-jogador. O coração do menino se acelera ainda mais, parecendo que vai sair pela boca, se não explodir antes, no caminho, ali na altura da garganta. O ex-jogador e o ídolo do menino se aproximam.

— Gian — diz o ex-jogador —, este aqui é um grande fã seu.

— Valeu! — diz o jovem jogador, esticando o braço para apertar a mão do menino. O menino não consegue dizer nada, está de boca aberta, não sabe o que fazer. O jogador é mais alto do que ele pensava, e mais forte... O pai vem em seu socorro:

— Gian, é o seguinte, assina aí na camisa dele, pode ser?

O menino olha para o pai, esboça um sorriso.

— É pra já! Cadê a caneta?

O pai põe a mão de repente no peito, mas se dá conta de que aquela camisa que está usando sequer tem bolso. Então o ex-jogador diz:

— Aqui! — tirando uma caneta prateada do bolso da camisa xadrez.

Gian, os cabelos crespos crescidos e suados caindo na testa, meia-armador do time, o articulador, praticamente prata da casa, pega a caneta, pede para o menino virar de costas e então dá seu autógrafo bem em cima do número 8.

— Valeu, Gian, muito obrigado — diz o ex-jogador.

— Que é isso, seu Délio. Tá tranquilo!

— Vamos pra cima hoje, ou como é que é? — diz o ex-jogador, sorrindo aquele sorriso de sambista no carnaval.

— Hoje é nosso! — diz o jogador.

O menino continua sem dizer nada. O jogador olha para o menino, olha para o pai, olha para o menino de novo e então diz:

— Aí, se eu fizer um gol hoje vou te mandar um recado lá do campo. Vocês vão sentar onde?

— Nas cadeiras, bem perto do placar eletrônico em cima das cabines de imprensa — diz o ex-jogador.

— Ó, vou te mandar um toque lá de baixo, fica esperto! — o jogador diz para o menino.

E o menino só consegue dizer:

— Valeu, valeu...

O ex-jogador não diz isto ao menino, não quer decepcioná-lo, mas sabe que Gian já está negociado com um clube da Inglaterra. Dali a seis meses, no máximo, ele estará jogando em um clube da cidade de Birmingham. Levará junto seus pais e a irmã caçula, Cíntia, sua irmã que a vida certa vez tratou tão mal.

De repente, uma voz se ergue acima de todas as outras:

— OK, valeu, vamos lá, atenção!

É o preparador físico, informa o ex-jogador.

— Todo mundo em fila aqui na parede, vamos começar, minha gente.

— Vou ter que ir lá — diz Gian. — Um abraço — ele acrescenta e sai a trote.

Aquilo é a senha para que os três deixem o local.

— Agora a gente tem que sair — diz o ex-jogador.

Eles saem da sala de aquecimento, viram à esquerda no corredor e dirigem-se à porta de entrada, que agora está trancada e guardada pelo homem de terno preto, o segundo segurança que haviam encontrado.

O homem abre a porta, faz uma brincadeira com o ex-jogador e eles saem. Estão de volta ao tumulto da área externa do estádio. Alguns torcedores correm, com seus ingressos nas mãos. A hora do início do jogo está próxima.

O ex-jogador vira-se para eles e diz:

— Bom, acho que agora a gente se separa.

O menino diz:

— O senhor não vai assistir o jogo com a gente?

— Não vai dar. Um cara que eu não vejo há muito me convidou para ver o jogo com ele num outro lugar do estádio... Não tenho como escapar dessa!

O ex-jogador olha para o pai, dá uma piscada rápida, e então estende o braço para apertar a mão do menino.

— A gente se encontra por aí.

— Tá — diz o menino. E em seguida: — Obrigado.

O ex-jogador sorri e então cumprimenta o pai. O pai diz, olhando direto nos olhos do ex-jogador:

— Muito obrigado.

— Que é isso, rapaz, imagina...

— Não, não. Muito obrigado mesmo.

— Foi um prazer.

Sim, é verdade que o ex-jogador fora convidado por um "cara" que ele não via há muito. Esse cara é o presidente do clube e o lugar em que vão assistir ao jogo é o camarote da presidência. Mas o principal motivo de o ex-jogador não acompanhar aquele contador boa gente e seu filho bacana durante o jogo é que ele sabe o quanto aqueles dois precisam estar juntos, apenas os dois, só eles.

— E vamos torcer, vamos botar fé. Não vai ser fácil, mas o jogo é nosso!

O menino sorri; o pai também. O ex-jogador levanta a mão direita, acena e começa a caminhar, mas então para de repente.

— Poxa, eu já ia me esquecendo! — e mete a mão no bolso de trás da bermuda *jeans*, de onde retira dois ingressos.

— Eu também! — diz o pai.

O ex-jogador entrega os ingressos ao pai e, agora sim, começa a se afastar deles. Observado pelo pai e pelo menino, ele vai caminhando com aquelas pernas arqueadas, pernas de *cowboy* que eram sua marca registrada nos tempos de jogador, na verdade uma das marcas, porque a principal era um faro de gol

75

sobrenatural e uma habilidade que fizeram dele um mito. Um mito que agora caminha pela área externa do estádio como se fosse uma pessoa comum, um anônimo qualquer, um vivente.

O pai e o menino estão sozinhos novamente. Começam a caminhar em direção ao portão 4, conforme indicado nos ingressos. A cabeça do menino é um turbilhão.

— Você viu como é que eles fazem o aquecimento?

— Vi.

— Viu como eles têm cada um o seu lugar para sentar no vestiário, com o nome colocado numa plaquinha? Você viu as plaquinhas?

— Vi, sim.

O menino suspira, apressa o passo, o pai tem de aumentar o seu para acompanhá-lo. A multidão não deixa espaço para uma caminhada em linha reta. Uma família passa bem ao lado deles, caminhando em sentido contrário. Pai, mãe, filho e filha, é o que aparentam ser. Ao passar pelo menino, a garota, que tem cabelos cacheados e as faces rosadas e olhos castanhos e uma idade muito parecida com a dele, dá uma olhada, uma olhada demorada para o rosto do menino, uma olhada de virar o pescoço, e o pai do menino percebe, e quando a família passa por eles e vai embora ele tem vontade de dizer alguma coisa, fazer alguma brincadeira com o menino, mas acaba não dizendo nada, porque não sabe exatamente o que dizer, porque não quer fazer uma brincadeira sem graça e porque não quer que o menino fique envergonhado.

Eles prosseguem na sua jornada rumo ao portão 4, avançando a muito custo, conquistando território conforme possível, abrindo caminho, ora estão lado a lado, ora o pai fica às costas do menino. Então, de algum lugar bem perto deles, à esquerda, vem um som muito nítido de garrafa se quebrando no chão, e depois a gritaria; são xingamentos, ofensas pesadas, e outra vez o barulho de vidro se espatifando no asfalto e mais gritos, de homens e de mulheres. As pessoas que estão à frente do pai e do menino param para ver o que está acontecendo. O pai estica o pescoço para tentar visualizar a cena. Há torcedores com a camisa tricolor do time do menino e outros com a camisa do adversário. Estão em número quase igual e parece que dois estão engalfinhados no chão, ou poderiam ser três ou quatro ou mais, o pai não consegue ver direito, a gritaria é grande, o tumulto começa a aumentar, como se o ponto exato em que os sujeitos brigam fosse o epicentro de um terremoto e dele emanassem ondas de tensão e medo. Policiais militares a cavalo chegam de repente, abrindo caminho na multidão. Policiais militares a pé chegam de outra parte, com escudos. Agora aparecem policiais com cães também. A briga termina, o volume dos xingamentos vai diminuindo, alguns torcedores que estavam no centro da confusão fogem. Até que tudo fica resumido a um murmúrio monocórdio e ao barulho de pés se arrastando no asfalto e no concreto.

Então o pai olha para o lado, mas o menino não está mais ali. Vira-se, dá uma volta completa sem sair do lugar e não vê o menino. O menino, seu filho, sumiu.

Ele começa a andar como um louco, como um desesperado recém-saído de um prédio em chamas. Não consegue dizer nada, está nervoso. Olha para um lado, olha para outro, fica na ponta dos pés, sobe em uma mureta em frente a um portão de acesso. O menino sumiu.

Ele tenta se manter calmo, diz a si mesmo que é fundamental manter a calma, que se não mantiver a calma não vai conseguir raciocinar direito. Respira fundo uma vez, duas vezes, três, fecha os olhos, abre-os novamente e diz para si mesmo:

— Tudo bem.

Então volta ao ponto exato onde haviam parado quando estourou a briga. O menino não está lá. Pessoas apressadas e agitadas passam por ele. Ninguém mais está parado. Quem está ali fora sabe que precisa entrar imediatamente. Ele olha em volta. Em alguns momentos, quando está contra o sol, coloca o antebraço sobre os olhos, para protegê-los e conseguir enxergar. Uma angústia cresce dentro dele em uma velocidade assustadora. Então pensa: *Será que ele foi para o portão 4? E depois: Mas ele sabia que tínhamos que ir para o portão 4? Eu não disse a ele. Isso é o que está escrito nos ingressos. Portão 4. Mas só eu vi. Ou eu disse a ele? Ele conhece bem o estádio. Ele sabe que a entrada para as cadeiras em que nós vamos é pelo portão 4. Sabe mesmo? Será que sabe? Puta que pariu, foi só um segundo de bobeira... Um segundo! Eu achei que ele tivesse parado também, meu Deus do céu! Mas que coisa, que coisa, que coisa! Porra! Eu dei um toque nele, nas costas, fiz sinal para ele parar e ficar do meu lado! Será que ele notou? Será que entendeu? Será que eu toquei nele mesmo? Será que apenas achei que tinha conseguido tocar nele? Puta merda, puta que pariu! Que merda, que merda...*

Então vêm à sua mente a imagem de si próprio agredindo o filho, uma agressão raivosa, covarde e demente, e a cara de espanto do filho depois de ter sido esbofeteado e logo em seguida os olhos do menino começando a ficar molhados, e a marca de sua mão de adulto surgindo na face triste da criança, e o grito, o grito da mãe, mais um uivo do que um grito, um uivo de mãe que vê o filho ser atacado, mãe atingida no centro do seu amor, e tudo isso está passando pela cabeça dele neste momento em que olha em todas as direções possíveis ao mesmo tempo e então olha para cima, olha para o alto, para o céu, e pensa: *Por favor!*

Nada acontece, porém; apenas a sequência do movimento incessante de gente apressada à sua volta, gente querendo entrar no estádio, gente excitada, rindo e falando alto, e ele já não sabe mais o que fazer nem o que pensar quando sente, pressente, intui uma presença às suas costas. Vira-se rapidamente e vê o menino, seu filho, olhando-o direto nos olhos. O pai respira fundo e, depois de alguns segundos, ou milésimos de segundo, o alívio que sente é tão grande que ele quase tem de sentar no chão de cimento para não cair. Sente-se vulnerável, despido. Respira fundo outra vez e tenta se recompor.

— Onde é que você estava? Para onde você foi?

— Eu estava procurando você... Eu estava andando e de repente você não estava mais atrás de mim... Daí fui até o portão 4, esperei você lá na frente, mas você não apareceu e então eu voltei pra te procurar.

O homem olha para o chão, respira fundo mais uma vez e diz:

— Vamos, vamos lá que o jogo já vai começar.

E o menino concorda:

— Vamos lá — com cara de quem entendeu o sufoco pelo qual o pai acaba de passar. Está tudo na cara do homem. Não há como não perceber. E, lá no fundo, no ponto mais central do seu íntimo, o menino gosta disso — de um modo que lhe é totalmente incompreensível agora e assim permanecerá por muito tempo.

Nos minutos em que se viu sozinho, sem o pai, ele lutou de todas as formas contra um pensamento que, traiçoeiro e venenoso, tentava penetrar e fixar-se em sua mente: o pensamento de que aquela separação a caminho do portão de acesso às cadeiras não fora acidental. Um pensamento motivado pelo medo e pela desconfiança.

Eles passam pelos portões de acesso a outros setores do estádio. Agora estão em frente à entrada da arquibancada inferior, onde o tumulto é total. O que era para ser uma fila indiana transformou-se em um bolo de gente; pessoas empurrando e sendo empurradas, em uma coreografia sinistra e potencialmente desastrosa, policiais militares a cavalo tentando colocar alguma ordem no caos, adultos erguendo crianças para evitar que sejam derrubadas; há gritos, xingamentos, ameaças, e alguns objetos sendo arremessados.

O menino e o pai contornam a área conturbada e seguem em frente. Chegam, por fim, ao portão de acesso às cadeiras. Ali a situação é completamente diferente, com torcedores entrando em ordem, pacificamente. O menino e o pai entregam os ingressos a um dos homens que estão controlando as catracas e começam a subir a rampa que dá acesso às cadeiras. Lá no alto, há uma parede de policiais militares, revistando os torcedores. Um dos policiais revista o pai; pede que ele levante a camisa, apalpa suas pernas de alto a baixo, rapidamente, dos tornozelos até os fundilhos e então o libera; o menino passa por uma versão compacta da revista: o policial, mais por querer dar ao menino um motivo de orgulho e de bravata no dia seguinte, na escola, mas sem nenhum traço de bom humor, pede que erga a camisa. Ele olha para o pai e faz isso, muito sério; o policial diz que ele pode passar. Os dois seguem em frente.

O pai para em frente ao banheiro que fica no alto da rampa de acesso às cadeiras. Ele pergunta se o menino quer fazer xixi. O menino diz que não. O pai entra, mas antes diz para o menino ficar bem ali, parado, exatamente ali, nem um passo para o lado, paradinho ali. O pai entra no banheiro, disputa um lugar no mictório, alivia-se, depois molha a ponta dos dedos na torneira que estava aberta deixando escapar um fio de água e sai. O menino está ali, parado, exatamente no lugar onde o pai o havia deixado. Eles entram pelo pequeno túnel que dá acesso ao setor das cadeiras.

O menino tem uma sensação boa. Ele adora estar ali, está feliz por ter conseguido chegar até ali. Sente-se muito bem. Assim como todos os setores do estádio, este também está quase lotado. Há pelo menos 60 mil pessoas no estádio neste momento, provavelmente mais. Precisam encontrar duas cadeiras. Descem os degraus pintados com tinta branca formando uma escada. Olham, descem mais um pouco, então param, indecisos, voltam, sobem, hesitantes, sobem mais, o pai aponta para um local, o menino balança a cabeça afirmativamente, eles entram na fileira escolhida, começam a andar, pedem licença às pessoas que estão sentadas; alguns atendem com simpatia, outros fazem cara feia, mas todos cedem a passagem. Eles se sentam bem perto de um túnel de acesso. O pai acha bom, porque o banheiro está perto e porque na hora da saída vai ser mais fácil. O trio de arbitragem já está no centro do gramado. Os times já vão entrar em campo.

Houve um tempo em que, também para o pai, o futebol era o que havia de mais importante. Pensava em futebol noite e dia. No interior, onde nasceu, os jogos com os vizinhos e os primos e os colegas de colégio eram em campos cheios de roseta e bosta de vaca. Quando chovia, virava um lamaçal e os jogos ficavam ainda melhores, mais divertidos. Ele até que jogava bem, pelo que consegue se recordar hoje em dia. Gostava de jogar atrás, zagueiro de área. Cabeceava bem, ajudado pela estatura avantajada, e adorava dar carrinho, sobretudo se o campo estivesse molhado, claro, e volta e meia se mandava para o ataque com a bola dominada, o elemento surpresa, para fazer os seus golzinhos ou deixar algum companheiro em situação de finalizar.

Em casa, o maior companheiro era o rádio. Assistia, em companhia do pai, aos poucos jogos que a TV transmitia; sim, aproveitava o máximo do futebol na TV, mas tinha o seu radinho de pilhas, que colocava do lado do travesseiro quando ia se deitar. Quantos jogos acompanhou pelo seu radinho de pilha! O radinho, ele se lembra bem, fora um presente de aniversário dado pelos pais. Ele adorava aquele radinho, que um dia se perdeu para jamais ser encontrado.

Quando foi para a capital, para fazer a faculdade, o futebol acabou ficando em segundo plano. Era uma barra-pesada estudar e trabalhar, o cansaço era constante, as preocupações com o desempenho na universidade o estressavam terrivelmente e, dessa forma, o tempo livre de que dispunha, nos fins de semana, era passado em frente aos livros ou então dentro de um ônibus, entre a capital e a casa dos pais no interior. Ia para casa com grande frequência. Os pais faziam questão disso, os irmãos mais novos adoravam quando ele aparecia, com seu passo lento e sorriso triste, no fim das manhãs de sábado. Ele adorava a família, adorava a casa, e a cidade e os amigos e, principalmente (durante uma certa fase), adorava uma menina que fora sua colega no segundo grau, um garota magrinha de cabelo castanho. Mas era preciso viver a própria vida, "vencer na vida", como dizia o pai, e isso exigia sacrifício.

Depois de um tempo morando na capital, já mais acostumado à vida que levava ali, e mais confiante e à vontade no ambiente da universidade, voltou a acompanhar o futebol de que tanto gostava e que tanto bem lhe fazia. Então passou a ir ao estádio regularmente, o mesmo estádio onde está agora, muitos anos depois, sentado ao lado do filho.

Foi um pouco depois disso, quando já havia se formado na faculdade e trabalhava no principal escritório brasileiro de uma consultoria com atuação global, que ele começou a exagerar no gosto pelo álcool. As coisas começaram a ficar mais "profissionais" nas *happy hours* nos bares do centro da cidade, as quais foram, gradativamente, se estendendo mais e mais até que invadir a noite e a madrugada se tornou rotina. As ressacas e a amnésia alcoólica já eram comuns em sua vida quando ele se reaproximou da mulher com quem se casaria, sua antiga paixão da cidade natal, cuja família, havia alguns anos, saíra do interior, a mãe do menino. O reencontro aconteceu da forma mais casual possível: na porta de um cinema. Estavam ali, com os ingressos na mão para assistirem a um filme dirigido por Martin Scorsese. Ficaram espantados e profundamente felizes ao se verem ali, sentiram suas vidas regressando a outros tempos, tempos muito bons. Conversaram, assistiram juntos ao filme e juntos estão até hoje, apesar de tudo, apesar da vida, por causa de tudo, por causa da vida. Ao se reencontrarem ali, naquele cinema em um sábado à tarde, eles ingressaram em um novo momento de suas vidas e, no que se referia a ele, passou a ser objeto de uma brincadeira (na verdade, uma crítica) frequente dos colegas, de acordo com a qual ele estava seguindo o *script* e se tornado um clichê: o boêmio que se casa e vira homem sério.

Não tiveram filho em seguida. Esperaram alguns anos. Viajaram, guardaram dinheiro (a esposa dava aulas de inglês numa tradicional escola de idiomas), compraram um apartamento, então, aí sim, resolveram ter um filho. Mesmo quando ele perdeu o emprego, demitido numa das ondas de reengenharia que atingiram a empresa, manteve-se calmo e conseguiu uma oportunidade de trabalho num pequeno porém sólido escritório de contabilidade, com vários clientes pequenos e três ou quatro muito grandes, o que o tornava um lugar seguro, um lugar de futuro para seus funcionários.

Tudo isso está passando pela sua cabeça ao mesmo tempo, em um emaranhado de sensações e fotografias sobrepostas, quando o time adversário entra em campo — para uma antológica vaia de 80% do estádio.

— Buuuuuuuuu! — o menino salta da cadeira com os pulmões cheios, soltando o grito, como se fosse uma vela de barco içada de repente no meio de um vento de furacão. — Buuuuuuuuu! — ele berra de novo, agora arranhando a garganta até começar a tossir. O pai o observa, ainda atônito, ainda parcialmente absorvido pelas imagens que desfilavam em sua cabeça até momentos atrás.

Neste exato instante, os jogadores do time do menino estão agrupados no pé da escada que leva ao gramado; há pouco estavam abraçados, em círculo. Alguns fizeram rápidos discursos inflamados, nervosos e dignos. Aguardam o sinal para entrar em campo, Joca e Danilo distantes um do outro, tomando cuidado para não cruzar seus olhares; Gian e Zé Nelson com as mãos um nos ombros do outro, de frente, as testas se encostando, irmãos se preparando para a guerra; Alex Ritter ouvindo as palavras de incentivo de Gerson Reis, o preparador de goleiros, antigo ídolo do clube; Flávio ainda rezando, agora sozinho, silenciosamente; o atacante Luizinho, que há bastante tempo anda exagerando no álcool e está pegando gosto pelo baseado e pelo pó (sim, uma alma caridosa já lhe lembrou que existe no futebol um procedimento chamado exame *antidoping*), fazendo piadas e mais piadas dirigidas ao massagista Antonio Santos, o Tonho; Luizinho perseguindo o pobre massagista com suas sacaneadas de beira de mesa de sinuca, e o outro atacante titular, Marçal, que vai jogar no sacrifício por causa de uma inflamação no púbis que, por vezes, tamanha a dor que sente, o leva a pensar em abandonar o futebol, e mais atrás os reservas, com seus coletes por cima da camisa do time, todos ali, sentindo, cada um à sua maneira, a adrenalina crescer e crescer e crescer; e, ainda mais atrás, perto da porta do vestiário, afastado do grupo, o técnico Pedro Jansen conversa com um sujeito de *blazer* preto e camisa branca sem gravata, um sujeito de cara amarrada aparentando 50 e poucos anos chamado Jacques Cardoso, diretor de futebol do clube.

— Temos de ir pra cima deles hoje, Pedro — diz o diretor.
— A pressão em cima do presidente está grande.

Pedro Jansen diz sem olhar diretamente para seu interlocutor:

— Imagino.

No dia anterior, Jacques Cardoso dissera, em um programa de estúdio, ao vivo, em um canal de esportes por assinatura, que o técnico do time contava com o apoio da direção, "apoio total". Mas esse mesmo Jacques Cardoso, diretor de futebol, ao longo da semana conversara, a pedido do presidente, com dois treinadores, sondando-os para assumir o cargo de Pedro Jansen.

— Temos que ganhar esse jogo, Pedro. De qualquer jeito.

Pedro Jansen não responde; tem vontade de dizer muitas coisas para o cartola a seu lado, coisas violentas, coisas guardadas há tempos, mas não diz nada, apenas continua olhando para seus jogadores, que agora começam a subir a escadaria que conduz ao gramado.

Lá nas cadeiras, o menino e todos à sua volta ainda vaiam o time adversário, e o pai nem tem tempo de dizer nada ao menino, uma palavra de incentivo ou uma tentativa de brincadeira ou um comentário banal qualquer, porque agora quem está entrando em campo é o time deles. O time que significa tanto para o menino e que já significou tanto para o pai, mas que ainda o comove de certa forma, o time deles está entrando em campo. Há muitas crianças no gramado, com o uniforme tricolor. São meninos da escolinha do clube, os mais velhos com 8 ou 9 anos de idade. Estavam aguardando os jogadores na pista atlética, à beira do gramado, com adultos que tentavam mantê-los em ordem, mantê-los em uma formação de corredor através do qual passariam os jogadores, mas isso não foi possível, porque os meninos estavam eufóricos demais, e acabaram se embolando e quase tornaram impossível a passagem dos jogadores.

— Aêêêêêêêêêêê! — grita o menino, lá nas cadeiras. — Aêêêêêêêêêêêê!

É um foguetório espetacular, um barulho ensurdecedor. Aos poucos, uma tremenda fumaceira vai baixando sobre o gramado. A torcida do time do menino começa a entoar seus cantos de guerra. Um *show* que o menino simplesmente ama.

— Olha lá o Gian — diz o pai, na falta de alguma outra coisa para dizer.

— Já vi, já vi! — diz o menino, grita o menino.

Os repórteres de campo se movimentam como se fossem pequenos carros de corrida desgovernados, baratas na cozinha quando a luz se acende. Os jogadores batem bola, dão corridas, param para conceder rápidas entrevistas. O ritual que antecede o jogo. O placar eletrônico, assim como ocorrera em relação ao time adversário, o time visitante, agora vai anunciando a escalação do time do menino: Alex Ritter, Joca, Vilson Porto, Peri e Flávio; Danilo, Zé Nelson, Gian e Samuca; Luizinho e Marçal. A torcida aplaude cada vez que um nome é anunciado, faz muito barulho, e, quando se trata de um jogador pelo qual tem apreço especial, ela grita o nome do jogador, e o jogador levanta os braços em agradecimento. É o caso de Gian e de Luizinho, por exemplo. O placar anuncia então os integrantes do banco de reservas: Eron, Aldyr, Laércio, Washington, Nilton, Tuca e Helinho, e ninguém grita nada, e, por fim, o nome do técnico, Pedro Jansen, e, quando isso acontece, uma parte da torcida aplaude e a outra vaia. O técnico ignora aquilo, finge que ignora, na verdade não se importa, não se importa mais, ou quer pensar que não. O árbitro, de camisa amarela e calção preto, auxiliado pelo quarto árbitro, manda que todos saiam e chama os dois capitães no centro do gramado, para o cara ou coroa. O árbitro é Edgar Schneider, rigoroso, disciplinador, discreto, talvez o melhor árbitro do país no momento, e os jogadores dos dois times foram alertados a evitar reclamações e faltas desleais.

O jogo vai começar.

O menino está olhando para o campo, completamente absorto. Perto dele passa um vendedor de balas e amendoim, com seu uniforme marrom. O pai pergunta se ele quer alguma coisa. Ele não responde. O pai insiste e pergunta se ele quer amendoim. E ele responde que sim. O pai chama o vendedor, que faz um sinal com a cabeça e entra na fileira deles. O pai compra dois saquinhos de amendoim, pega um e dá o outro para o menino. O menino abre o saquinho imediatamente e começa a quebrar as cascas e a comer o amendoim. As cascas vão se acumulando a seus pés. Ele está concentrado no que acontece dentro do campo, naquele retângulo mágico de grama com marcações de tinta branca com o qual ele frequentemente sonha.

Está decidido no cara ou coroa: seu time vai dar a saída de bola.

O menino ouvira certa vez que é muito importante para o jogador sair-se bem em sua primeira jogada na partida. Isso dá a ele autoconfiança. O menino imagina que Gian sabe disso, que ouvira esse conselho, porque, em seu primeiro lance no jogo, o atacante, que é seu herói e ídolo, recebe a bola na intermediária de ataque, a domina e, girando o corpo com muita rapidez, mete-a por entre as pernas de um dos volantes do time adversário. O estádio vem abaixo. O jogador prossegue na jogada, em direção à grande área, e então é derrubado por um zagueiro. Falta. A torcida do time do menino faz tremer o estádio. Vilson Porto e Luizinho se colocam para bater a falta. Vilson Porto bate. O pé muito embaixo da bola, a bola longe do gol adversário. O jogo segue. O menino está totalmente absorto neste momento. O pai o observa, olha para o campo, acompanha o jogo, mas, acima de tudo, observa o menino. O pai não desvia a atenção do filho nem mesmo quando olha para o campo.

Vejam só como é o futebol. O lateral-direito Joca e o volante Danilo se detestam. E isso não começou hoje. É uma rixa antiga. Dizem que o motivo foi uma traição: Danilo e uma namorada de Joca teriam tido um caso. O fato é que existe entre os dois jogadores uma incompatibilidade cuja origem remonta ao início da vida profissional dos dois no clube no qual foram formados, o clube do menino, o que agora está em campo buscando uma vitória crucial. Mas são eles, o negro Joca e o "alemão" Danilo, que, em uma tabela sensacional, fazem a bola chegar até Samuca, um falso ponta matreiro, quarto homem de meio-campo. Lá da intermediária, ele alça uma bola aparentemente despretensiosa sobre a área inimiga, um chuveirinho clássico, daqueles em que a bola parece que cai em câmera lenta, e então a bola vai lá, certinho, na cabeça de Gian, e ele dá só uma raspadinha na bola, uma penteada, e isso é suficiente para que o goleiro adversário, um novato recém-promovido dos juniores chamado Luis César, vá ao desespero, porque não esperava por aquilo, e se estique todo e com a ponta dos dedos da mão direita consiga tocar na bola e mandá-la para escanteio, uma defesa difícil, na verdade espetacular. E o estádio quase vem abaixo de novo e os cantos da torcida nunca estiveram tão altos e tão contagiantes. A torcida adversária, em franca minoria, tenta se manifestar, gritando o nome do seu goleiro, mas seu barulho é abafado, ridicularizado pelos torcedores rivais. Vejam só o que dois desafetos podem fazer no futebol.

O menino grita:

— Nããããããããããão!!!!!!

E o pai diz, porque não consegue se conter:

— Cacete!

Quantas coisas são impossíveis no futebol? Não são muitas, podem ser contadas numa das mãos, diria um poeta; são as que quisermos admitir como tais, defenderia um filósofo; porra nenhuma, diria um torcedor da arquibancada que passou os últimos três dias imaginando, "vendo" a vitória do seu time no domingo. Pois foi mandando o impossível — o suposto e o real — para o inferno que o técnico do time rival armou seu esquema naquela tarde, e com o que fez simplesmente não se conseguia ouvir falar de Zé Nelson. O garoto raçudo, motorzinho do time, sumiu. Esse treinador veterano de muitas batalhas, chamado Ary Santamaria, colou um volante em Zé Nelson desde o início do jogo (ou teria sido desde a semana passada?), e o time do menino, isso estava na cara, movia-se como uma locomotiva sem carvão na fornalha, um avião na pista sem velocidade suficiente para decolar. O pai tinha entendido isso e diz para o menino:

— Eles amarraram o Zé Nelson.

Mas vejam como o futebol é um duelo, o tempo todo. O duelo entre torcidas, entre jogadores e entre técnicos. Pedro Jansen, o treinador do time do menino, tinha entendido o que seu oponente — o homem que fora um de seus mestres, de fato o mais importante dos seus mestres — fizera. Precisava dar uma resposta, tinha que colocar seu time em movimento (para a frente) de novo. Então o que ele faz? Manda Zé Nelson lá para a lateral esquerda, orienta-o a atuar como ala por ali, naquele corredor, e puxa Flávio, o verdadeiro lateral-esquerdo, para dentro da área, como um terceiro zagueiro. Pedro Jansen disse para Zé Nelson, a certa altura dos acontecimentos: "Vai, Zé Nelson, este lado do campo é teu, só teu, vai, porra!" Foi assim que o time do menino voltou a mandar no jogo, ainda que de uma forma meio desordenada, pouco eficaz; mais volume de jogo do que o adversário, mas nada de conclusões realmente perigosas; sem jogadas de aproximação, sem penetração. O pai tinha sacado isso. Ele diz para o menino, forçando a situação para os lados de um otimismo que — ele tem plena consciência disso — é bastante exagerado:

— O nosso gol vai sair já, já.

E o menino diz:

— Mas o Gian não recebe uma bola boa!

Gian. Esse é um personagem e tanto, um herói trágico. Aos 23 anos, já possui uma biografia impressionante — cuja maior parte, ou a parte que mais interessa, só é conhecida pela família, na verdade apenas pelo pai.

Gian é filho de um mecânico de automóveis e de uma caixa de supermercado. O pai de Gian trabalhava em uma oficina que prestava serviços para a rede da qual sua futura mulher era funcionária. Conheceram-se quando ele, acompanhado de um colega, fora entregar uma caminhonete que acabara de consertar, e ela acabou ganhando uma carona dele para casa. Algumas semanas depois, contando para isso com a camaradagem do chefe do setor de transportes do supermercado, ele conseguiu ser convidado para a festa de fim de ano da empresa. Ele ficara fascinado por aquela morena, a caixa mais bonita que já existiu. Ela também se interessara por ele. Dali para o começo do namoro e então para o noivado e depois o casamento foi questão de pouco mais de um ano.

Gian é o mais velho de quatro irmãos — três rapazes e uma menina, a caçula. Foi por causa dela, da pequena Cíntia, que ele matou um homem.

O sujeito era um vizinho da família, que aparecia e desaparecia de acordo com a disposição de sua mulher de aguentar a truculência dele e sua falta de limites para o consumo de álcool e drogas ilícitas. Um dia, um sábado à tarde, esse sujeito, depois de ver o pai de Gian e os três filhos saírem de casa — o pai para ir trabalhar e os meninos para jogar bola —, passou a observar com atenção redobrada o movimento na casa ao lado. Sentado na escada da pequena varanda na entrada da casa, ele viu a menina, filha dos vizinhos, uma menina — ele pensou, então com mais certeza — bem bonitinha brincando no gramado entre o portão e a sala de entrada da casa, e, na sua cabeça de bandido-pervertido-burro-bêbado, sem ver a mãe da menina por perto, ergueu-se da cadeira de ferro, caminhou até o muro e aproximou-se da menina. Puxou conversa, disse que na sua casa havia umas bonecas muito bonitas, uma coleção do tempo em que sua mulher era criança, contou mais algumas mentiras, e por fim conseguiu que a menina entrasse com ele na casa. A mãe de Gian estava nos fundos da casa, lavando e estendendo roupa, quando deu por falta da filha. O infalível alarme de mãe disparou e ela começou a procurar a menina. Não a encontrou de imediato, o princípio de pânico se instalou, mas ela manteve a calma — a calma possível —, rastreou a menina, o amor e a intuição guiando seus passos, até que, por fim, ela entrou na casa dos vizinhos a tempo de evitar que a filha, sua criança, seu bebê, fosse estuprada. O sujeito estava só de cueca, deitado na cama, de lado, já com a mão pousada sobre uma das coxas da menina, no único quarto que ficava no andar de cima, na verdade uma laje transformada em quarto, com paredes de alvenaria e teto de folhas de zinco, e a menina sentadinha na cama, segurando um bolo de trapo encardido, uma tosca imitação de boneca com dois olhos de bolas de gude, entretida, de costas para o homem, que já começara a provocar no próprio corpo as condições para perpetrar seu crime, sua monstruosidade. A mãe irrompeu quarto adentro depois de arrombar a porta. Entrou gritando, desesperada, pegando a menina no colo, chamando o homem de desgraçado, desgraçado, desgraçado, e a menina não estava entendendo nada, mas a tensão do momento e os gritos e a violência de tudo o que era dito ali a fizeram começar a chorar. A mulher saiu dali em disparada e, ao chegar em casa, a primeira coisa que fez foi ligar para a oficina onde o marido trabalhava. O vizinho desapareceu em minutos, assim que conseguiu jogar alguns pertences em uma mochila velha e sair correndo pela calçada.

Houve queixa na polícia, comoção na vizinhança, e a vida da família virou um tumulto. Gian era um adolescente, mas já conhecia algumas verdades da vida. Decidiu que seria ele a acertar as contas com o filho da puta que fizera aquilo com sua irmã. Começou a seguir a mulher do vizinho. A mulher, sem ter para onde ir, foi obrigada pelas circunstâncias a continuar morando ali. Era uma boa pessoa, que todos sabiam ser mais uma vítima daquele sujeito com quem cometera o erro de se juntar, e por isso, por reconhecerem nela uma vítima e por terem pena dela, os moradores a deixaram em paz; na prática, a ignoravam. Mas Gian a seguia. Seu tempo livre, antes ocupado integralmente pela bola, agora era dedicado a acompanhar os passos da vizinha, sozinho. E então, em um dia qualquer, um par de meses depois do que acontecera com sua irmã, Gian viu a mulher, sua vizinha, e o desgraçado se encontrarem num parque no centro da cidade.

Ele esperou pacientemente, esperou com calma, frieza e convicção. A calma, a frieza e a convicção possíveis. Assim que o sujeito e a mulher se despediram e se separaram, Gian se pôs em marcha no encalço do homem. A cada passo, sentia o ódio crescer e crescer e crescer, até que ele, o ódio, tornou-se seu guia, seu farol, seu senhor, o ódio ressurgido, despertado e a caminho de sua dimensão máxima, conduzindo-o pela mão, puxando-o sem admitir resistências de nenhum tipo. Era quase noite, as luzes da cidade começando a se acender, quando ele se aproximou do homem, pelas costas, de uma maneira imperceptível, com muita leveza e agilidade, seus sentidos exacerbados — os ouvidos parecendo captar até a respiração dos gatos no outro lado da avenida, no outro lado da cidade, o gosto azedo na boca e os dedos que pareciam que iam entrar no cabo da faca que ele levava sob o casaco do abrigo esportivo —, antecipando o movimento que faria, a estocada, e o ódio agora dando-lhe toda a certeza de que necessitava, fornecendo-lhe a garantia mais completa e definitiva de que não havia como voltar atrás, dane-se o mundo, foda-se tudo, e o ódio e o ódio e o ódio, e então ele chegou bem perto daquele sujeito podre, daquele tarado nojento que já estava quase estuprando sua irmãzinha, sua irmãzinha do coração, a irmãzinha muito, muito amada, e enfiou a faca até o cabo na parte baixa das costas do homem, no lado, furou um dos rins do homem, que levou a mão ao ponto onde doía, uma ferroada, e voltou-se, em um susto, embora lentamente, já começando a sentir o molhado do sangue e uma espécie de amortecimento em um dos lados do corpo, e Gian nessa hora olhou bem nos olhos dele e disse "Toma, seu filho da puta!" e meteu a faca, de novo até o cabo, no estômago do homem, que deu alguns passos para trás até se encostar a uma árvore, e Gian saiu dali correndo, deixou o parque, atravessou a avenida que o margeia, fez voltas e mais voltas, e só foi se dar conta de que precisava se livrar da faca algum tempo depois e a jogou pela grade de um bueiro junto ao meio-fio de uma rua sem movimento, e entrou num ônibus e sentou-se no fundo e não olhou para ninguém lá dentro, olhou o tempo todo pela janela, para fora, para a rua, o coração saindo-lhe pela boca, querendo sair-lhe pelo meio dos dentes trincados, as mãos tremendo e tremendo e tremendo, suadas, molhadas de suor, assim como suas costas e sua nuca, e a boca seca, seca de verdade, e assim, sentindo-se fora e longe de tudo, sentindo não pertencer àquele ônibus, àquelas ruas, àquela cidade, àquele mundo, ele foi para casa.

Lá, no dia seguinte, contou ao pai o que fizera. O pai estava nos fundos da casa, sozinho, tentando consertar um pequeno aparelho de TV havia muito tempo estragado e abandonado. Só o pai ficara sabendo do que aconteceu, só o pai. E o pai, depois de ouvir o relato do filho, o relato verdadeiro e completo do que ocorrera, lhe disse:

— Você fez o que tinha de fazer.

E também:

— Aquele infeliz ia destruir a vida da sua irmã, e da sua mãe, e a de todos nós.

E disse mais:

— Deus vai te perdoar pelo que você fez, porque o que você fez foi justiça.

E então:

— Eu tenho orgulho de você. Muito orgulho. Porque eu criei um homem. Criei um macho.

Ele não planejou matar o homem. Ele não pensou em matar o homem. Ele queria machucá-lo, queria se vingar, vingar, vingar. E escolheu a faca, porque, entre seus amigos e conhecidos e os caras mais velhos daquela vizinhança violenta em que moravam, não era raro saírem portando facas quando havia risco de irem a algum lugar onde houvesse gente de outras turmas, turmas rivais. Gian escolheu a faca com a qual já havia saído para a rua outras vezes, talvez em uma preparação para um ato maior, um ato de violência verdadeira. Queria esfaquear o homem, machucá-lo muito, para sempre, talvez isso significando matá-lo, apesar de a ideia de matar o homem jamais houvesse estado clara e declarada em sua cabeça, e foi o que usou, uma faca de cozinha, uma faca de cortar carne, uma das tantas que havia na gaveta da cozinha reservada para facas e colheres de pau e pegadores de massa.

A polícia fingiu que investigou o assassinato do homem no parque. Um sujeito daqueles não merecia que sua morte consumisse tempo e energia, alguém fez um favor para o mundo, era o que pensavam os policiais da delegacia encarregada dos crimes naquela área da cidade, e era o que pensavam também os chefes desses tiras, e o homem foi enterrado num caixão barato sob o olhar de sua mulher que desconfiava de muitas coisas, mas que só tinha a certeza de que não havia como a vida daquele homem, do seu homem, terminar de um jeito muito diferente daquele.

Um ano depois disso, período em que um impulso muito poderoso quase o levou a usar a faca novamente, dessa vez em um desafeto da escola, Gian foi aprovado em um teste para ingressar nas categorias de base do maior clube do estado em que moravam. Foi uma peneira duríssima, injusta, desumana, como são todas as peneiras, mas ele conseguiu provar para si mesmo que nasceu não para matar gente, mas para fazer grandes jogadas e muitos gols. Fez dois na peneira de que participou, o segundo deles num lance aparentemente impossível — toda impossibilidade é apenas aparente no futebol, como se sabe. A confusão na área era tal que, naquele momento, havia três pênaltis acontecendo quase ao mesmo tempo. Não havia como alguém fazer com a bola qualquer coisa que tivesse lógica e sentido. Gian foi derrubado duas vezes no mesmo lance, se levantou, desvencilhou-se dos dois zagueiros que batiam nele por cima e por baixo e fez um gol encobrindo o goleiro, uma bola por elevação, um toque de classe genial no meio da pancadaria e do caos, uma demonstração cabal de sangue-frio e habilidade. Ainda integrando os juniores, foi levado para um outro estado para jogar em um dos principais clubes do país. É o clube em que está hoje. O clube que salvou sua vida, que o salvou da vida que poderia ter, e provavelmente teria (mas quem pode saber ao certo?). O clube do menino, que repete para o pai, agora com mais ênfase:

— O Gian não recebe uma bola!

Gian é um herói trágico. Mas é possível ser herói de outro tipo no futebol? As tragédias, maiores ou menores, mais ou menos destruidoras, mais ou menos irreparáveis, estão sempre presentes. Gian é um jogador habilidoso, um ídolo com um crime sempre em sua mente e um desejo enorme de se livrar disso, e de tudo o mais que se passou de ruim em sua vida, com suas jogadas, seus gols e as manifestações de paixão da torcida por ele. Gian faz pessoas rirem, faz pessoas sonharem, faz pessoas esquecerem seus problemas exatamente porque ele próprio precisa rir e sonhar e esquecer seus problemas. O objetivo é o mesmo — dele e das pessoas que torcem por ele: ir em frente, reparando o que for possível, enterrando aquilo que não é possível reparar, esquecendo, esquecendo, esquecendo, o esquecimento é uma graça de Deus, e então ir em frente. E ele trabalha com afinco para conseguir isso, ir em frente, porque é isso o que interessa. Afinco, neste caso, significando obsessão e desespero.

A velha e mitológica tristeza dos palhaços. Mesmo os mais carismáticos e engraçados jogadores, aqueles que têm muito de personagens circenses, com sua postura cômica em campo (por causa de pernas tortas ou dribles bizarros), suas declarações à imprensa dignas de humoristas, seus sorrisos ingênuos de criança que cresceu demais, mesmo esses jogadores trazem em cada movimento, em cada sorriso pelo menos um traço de drama e melancolia, um elemento de tragédia, porque o futebol é dramático e trágico em sua essência. Porque o futebol, um jogo de futebol, são 22 pessoas tentando provar que são os melhores e mais valorosos companheiros que outros 10 poderiam ter e o inimigo mais perigoso e qualificado que outros 11 poderiam imaginar. Porque o futebol — e é exatamente isto o que vem à mente do pai neste instante em que ele prepara uma resposta para o filho, uma explicação sobre o porquê de a bola não estar chegando até Gian —, o futebol, um jogo de futebol, coloca os homens em contato com suas emoções mais valiosas e determinantes, e não pode haver nada mais dramático e trágico do que isso. E também nada mais completo e realizador.

— A bola não chega ao Gian porque ele está no lugar errado do campo — diz o pai.

O menino desvia os olhos do campo em direção ao rosto do pai, depois volta a olhar o campo, e então pergunta:

— Por quê? Onde é que ele tinha que estar?

— Mais aberto, na direita.

— Por quê?

— Porque tem mais espaço, menos marcação, está menos povoado. Tem um buraco no lado esquerdo de defesa deles. O volante que corre por ali e o lateral não estão se entendendo. Estão deixando um espação ali, volta e meia o zagueiro de área tem que aparecer ali, e chega sempre atrasado, dando chutão.

O menino não diz nada. Mas começa a observar o jogo agora levando em conta aquela observação que o pai fez.

O pai se lembra do tempo em que, em uma roda de amigos, ou batendo papo com colegas de faculdade ou de trabalho, começavam a falar de futebol e ele, sem qualquer tipo de pretensão, dava suas opiniões sobre jogadores, descrevia esquemas táticos e traçava perfis de treinadores. Seus comentários eram acurados e, com frequência, o que ocorria nessas conversas é que todos em volta ficavam em completo silêncio, lembrando do que haviam visto no estádio ou na TV no último fim de semana, constatavam que existia total correspondência entre o que haviam visto e o que o amigo falava, e então ficavam cada vez mais interessados no que ele dizia. Com o tempo, ele passou a ser reconhecido por seus camaradas como um cara que entendia de futebol, de verdade.

Ele quer muito, muito mesmo — muito além do dever moral e cívico de um torcedor —, que o time vença hoje. Isso, ele pensa, isso sem dúvida seria muito importante para ele e o menino, para os dois, para o momento que estão vivendo. Sim, ele quer muito que o time vença. Mas a situação está complicada lá dentro do gramado, bastante complicada. Apesar de o time estar dominando a partida, existe o problema detectado pelo menino — a bola que não chega a Gian —, o qual é a causa da falta de penetração do ataque; Gian é o principal municiador dos atacantes e, se a bola não chega até ele, os atacantes passam fome. Mas há também uma hesitação exasperante na defesa. Os homens de defesa estão jogando em linha, qualquer um no estádio (ou em frente à TV, em casa) já percebeu. Por muito pouco, em duas ocasiões, os atacantes adversários não ficaram livres, na cara do goleiro, em condições legais de concluir, ou seja, não havia impedimento. Só a atenção do goleiro Alex e os bons recursos técnicos dos zagueiros de área impediram o pior.

— O Pedro Jansen é um técnico tão experiente — o pai diz, para o menino e para quem quiser ouvir, um pouco antes de o primeiro tempo terminar. — Como é que ele deixa a defesa jogar em linha?

Uma voz surge de trás de onde eles estão. Uma voz que carrega raiva e desprezo.

— Esse Pedro Jansen é um merda! — diz o homem atrás deles.

O menino vira-se para tentar localizar o autor da agressão ao treinador que ele considera o melhor do Brasil, mas não consegue. O pai observa o menino. Sabe que o filho não gostou daquilo. O árbitro apita e aponta para o centro do gramado. O primeiro tempo está encerrado. Alguns torcedores, entre os quais alguns que estão bem perto deles, vaiam o time. Lá embaixo, os jogadores estão cabisbaixos e entram rapidamente no túnel que leva aos vestiários. O último a deixar o gramado é Gian. O menino o observa dar a última entrevista a um repórter de rádio e então se dirigir ao túnel. O menino pensa: *Não fica assim, cara. Levanta essa cabeça. Às vezes a vida é uma merda. Às vezes a vida é foda!*

O menino não diz palavrões em casa. Ninguém diz palavrões na sua casa. Nem o pai, quando chegava bêbado em casa e brigava com sua mãe, dizia palavrão. Mas ele é um menino, que não vive recluso em casa, tem amigos, joga futebol, então diz seus palavrões. E *pensa* seus palavrões. E, aí sim, quando ele pensa palavrões, tanto faz se está no pátio da escola, no terreno onde joga futebol ou em plena mesa de jantar em sua casa.

No camarote da presidência, situado em um ponto do estádio quase diametralmente oposto ao lugar onde estão o menino e o pai, o ex-jogador esvazia seu copo de cerveja e diz para o homem a seu lado, o presidente do clube:

— Vamos conseguir, mas não vai ser fácil.

O presidente, um homem de cabelo totalmente grisalho e pele bronzeada, usando óculos de aro grosso (um modelo moderno e caro, assim como moderno e caro é o relógio dourado em seu pulso) e *blazer* creme que ele veste sobre uma camisa azul-clara, diz:

— Se não conseguirmos, o Pedro dança hoje mesmo.

O ex-jogador fica em silêncio. Depois sorri (um sorriso que em nada lembra um sorriso de prazer ou de satisfação ou de qualquer outro sentimento positivo).

— Quer dizer que ele está por um jogo.

— É sempre assim, você sabe disso. Se não é por um jogo, é por dois, ou três, no máximo. No futebol ninguém tem garantias de nada, ninguém tem estabilidade no emprego, muito menos o técnico. E a nossa campanha está de amargar.

— O técnico de futebol é um solitário... — O ex-jogador diz isso e sorri da própria ironia, sorri com amargura.

O presidente suspira e, olhando para a frente, para o campo, através do janelão de vidro temperado, diz:

— Todo mundo é solitário nesta porra.

O ex-jogador aguarda um pouco e resolve mostrar o peito sem medo de receber os tiros.

— O Pedro não tem culpa.

— Délio, porra, Délio...

— Ele vai ser crucificado e não tem culpa.

O presidente está de mau humor, está tenso, frustrado. A irritação se manifesta na escolha das palavras.

— Caralho, Délio, todo mundo tem culpa. Eu tenho culpa, os jogadores têm culpa, o treinador tem culpa, só quem não tem culpa é o velhinho que fica lá na roleta da entrada da arquibancada. Aliás, sei lá, de repente até ele tem!

— Nosso time deixa a desejar, João Celso.

— Deixa a desejar? Nem tanto, Délio, nem tanto. O Gian não é craque? O Zé Nelson não é bom jogador? E o Danilo? E o Flávio? O Vilson Porto é ruim? E o Samuca, porra? Tem alguém aí que não conseguiria lugar em qualquer grande clube da Primeira Divisão? Para com isso, Délio.

— Desses que você mencionou aí, três já passaram dos 30.

— Mas estão dando conta do recado.

— Mas sem peça de reposição, não temos banco. Nosso grupo é pequeno, João Celso.

— E a garotada da base, não conta? Está todo mundo à disposição do Pedro! Todo mundo! É só ele querer.

— A safra da nossa base não é das melhores, você sabe disso.

— Não é esse o problema, Délio.

— Então, qual é?

O presidente estava começando a ficar ofegante. É um homem hipertenso, irritadiço, estressado — e, dizem as más línguas, muito dado a negócios eternamente mal explicados (quando chegam a ser mal explicados) com empresários de jogadores, gente do *marketing* esportivo e "investidores particulares". Tem laços estreitos com o presidente da federação de futebol do estado, um personagem de proverbial venalidade. O presidente do clube é um homem capaz de contratar um jogador veterano de condição técnica apenas razoável pelo preço de três bons jogadores no auge da forma. Há quem diga que faz esse tipo de coisa apenas por incompetência. Somente incompetência, e nada mais.

— O que está acontecendo é que a química não deu certo...

— Química?

— É, porra, a química desandou...

— A química desandou?

— Não deu liga! Não deu liga!

— É isso o que você vai dizer pra imprensa? São essas as explicações que você vai dar na entrevista coletiva?

O presidente se cala, olhando fixo para o rosto do ex-jogador. Pensa e diz:

— Olha aqui, Délio, se você não fosse meu amigo e se eu não gostasse pra caramba de você, eu ia te mandar pra puta que pariu.

O ex-jogador olha em frente, para o campo.

— Quer outra cerveja? — o presidente pergunta, com ironia, com agressividade.

— Não, obrigado — o ex-jogador responde, sério e calmo.

— Vou lá pegar uma pra mim.

O presidente diz isso, levanta e não volta mais. Assistirá ao segundo tempo inteiro no outro canto do camarote, com integrantes da diretoria de futebol.

O ex-jogador sente-se mal por causa daquilo. Talvez não devesse ter forçado a barra em um momento como aquele. Mas viu-se, em certo momento, na obrigação de dizer alguma coisa, qualquer coisa, em defesa do velho amigo, que, de certo mesmo em sua condição de técnico do clube do coração deles, tinha apenas os próximos 45 minutos.

O pai diz para o menino:

— Não está fácil.

O menino olha para o chão e diz:

— Se a gente não ganhar hoje, vai ser brabo...

— Vai.

— Acho que aí o Pedro vai ser demitido...

— É bem possível que isso aconteça, sim.

Em volta deles, assim como em todos os outros pontos do estádio, o movimento é intenso: pessoas indo ao banheiro, pessoas indo comprar bebidas, pessoas simplesmente se levantando dos assentos para esticar as pernas.

O pai pergunta:

— Você quer ir ao banheiro?

— Não.

O pai aguarda alguns segundos e então pergunta:

— Está com sede?

O menino hesita para responder. Então diz:

— Mais ou menos...

— Eu vou lá embaixo buscar bebida para nós — diz o pai.

— Você fica aqui, bem aqui, não sai daqui. Certo?

O menino hesita de novo, mas diz:

— Certo.

— Eu já volto.

— Tá bom...

O pai começa a se mover na fileira em que estão sentados, pedindo licença aos que continuaram sentados e aos que se levantaram e ficaram em frente a seus assentos. Até que desaparece no túnel.

O menino está sozinho agora. Sentado, as mãos segurando os joelhos, a cabeça virando para a esquerda, para a direita e então fixando-se no que está diretamente à frente. O estádio se encontra quase lotado. Ele observa espaços vazios aqui e ali. Suspira profundamente. Olha para o túnel por onde o pai saiu. O pai. Há quanto tempo não vinham juntos ao estádio? Muito tempo. Mais de um ano... Era o avô que o trazia ao estádio nos últimos tempos. Iam para a arquibancada, normalmente. No anel superior e também no inferior, dependendo do jogo (a arquibancada inferior, mais perto do campo, era a preferida do menino e ao avô, mas enchia rapidamente nos jogos importantes e então eles optavam por um pouco mais de conforto no anel superior, pagando um pouco mais por isso). Uma vez assistiram a um jogo nas cadeiras. Não neste setor onde ele e o pai estão agora; mais para o lado, atrás de um dos gols. O menino se lembra disso e olha para lá agora. Então volta a olhar para o túnel por onde o pai saiu. Uma nuvem de preocupação, ainda parcialmente imperceptível para ele, instala-se em sua cabeça e faz seu coração bater um pouco mais rápido. Ele olha para o campo, lá embaixo. Não há movimentação em frente ao túnel que leva aos vestiários. Ele observa os repórteres de rádio e de TV andando em volta do gramado, na pista atlética. Os fotógrafos vão se posicionando atrás do gol em que ficará o goleiro adversário. Atrás do gol que será defendido pelo seu goleiro há menos fotógrafos, bem menos, o menino constata, e sente-se bem por causa disso. Os gandulas batem bola atrás de ambos os gols com seus abrigos esportivos verde-amarelos; são garotos de escolas públicas da rede estadual que pensam em futebol o dia inteiro. Volta e meia, um deles — o mais sortudo, mais extrovertido, mais determinado — consegue ganhar a camisa de algum jogador na saída de campo. Então isso vira o troféu de uma vida, ou pelo menos de uma segunda-feira de muita marra no colégio.

O menino olha para o túnel do seu setor das cadeiras, mas o pai não está vindo. Ele suspira. A preocupação começa a se insinuar. *Pô, mas que demora*, ele pensa, e assim que pensa isso o pai aparece, pelo lado oposto ao que ele estava observando. Veio pelo outro túnel, porque estava mais fácil. O menino se surpreende, toma um susto. Um susto bom, um sobressalto seguido imediatamente pelo alívio.

— Toma — diz o pai, entregando ao menino um copo grande de Coca-Cola. O menino pega o copo sem dizer nada e começa a beber. — Tinha uma baita fila lá no bar — diz o pai. — Bota fila nisso!

O menino bebe o refrigerante. O pai senta-se ao seu lado com o copo de cerveja sem álcool (a única vendida dentro do estádio) em uma das mãos. Ele tira o cigarro do maço, puxa o isqueiro do bolso da calça *jeans*, acende e dá uma tragada profunda. Ele sabe que vai incomodar algumas pessoas próximas com o cigarro, evitou fumar até aquele momento, mas agora um cigarro é bem-vindo, um cigarro é necessário. Ele dá outra tragada e solta a fumaça, então tosse, uma, duas vezes. O menino começa a esfregar as mãos e a mexer os pés para dentro e para fora. O pai bebe a cerveja. O menino o observa de canto de olho e bebe um gole do seu refrigerante. E então se lembra dele próprio e do seu amigo ruivo caminhando no parque, fumando cigarros roubados da mãe do ruivo, cigarros mentolados, ele e o ruivo fumando escondidos no parque. O pai bebe a cerveja até o fim, mas com calma, sem sofreguidão. Ele quer dizer muitas coisas ao filho, quer explicar a ele o mundo e a vida, sobretudo quer *se* explicar, quer ser entendido pelo filho e quer demonstrar que deseja entendê-lo, e quer se desculpar, mas em vez disso se cala. Não adiantaria tentar fazer ali, daquele jeito, de uma vez só.

Precisavam de tempo um com o outro. Precisavam de convívio. Precisavam ser pai e filho. Precisavam se reconciliar, e isso, ele pensa, não acontece de uma hora para outra, não se resolve dentro de um estádio de futebol.

De repente a massa de gente no estádio começa a se agitar e a cantar, o som das batucadas voltando de sua hibernação. Os times regressam ao gramado, praticamente juntos. O menino vai identificando um a um os jogadores do seu time.

— Acho que é o mesmo time do primeiro tempo — diz o pai, adivinhando os pensamentos do filho. — Ele não substituiu ninguém.

— É — diz o menino, já com o olhar fixo nos movimentos de aquecimento que Gian faz em uma das intermediárias do campo. O árbitro pede aos repórteres de campo que se retirem. A bola está no centro do gramado. O jogo vai recomeçar.

Os jogadores ainda não deram a saída de bola, mas Pedro Jansen já está de pé, no limite da área técnica dentro da qual pode se mover e dar suas instruções aos jogadores. Aquele pedaço de grama delimitada pela marca de tinta branca é o mais perto que ele pode chegar do campo. No camarote da presidência, o ex-jogador percebe isso e entende, de imediato, o que significa: que seu velho amigo vai tentar decidir o jogo logo nos primeiros minutos. Nas cadeiras, enquanto o menino procura seus ídolos com olhar inquieto, o pai, a exemplo do ex-jogador, nota a atitude do técnico e pressente que o time vai para cima assim que o árbitro apitar. E é exatamente isso o que acontece.

Pedro Jansen tentou acertar o time no vestiário, na base da conversa — conversa que, como sempre, se dividiu em duas etapas: a geral, com o grupo de jogadores; e a individual, para a qual escolheu três jogadores e, em um canto do vestiário, fez a eles seus pedidos e deu suas orientações especiais.

A saída de bola tinha de melhorar, assim como a marcação a partir do campo do adversário. Sobretudo, iriam forçar mais o jogo pelo lado direito do ataque, com Gian concentrando toda a armação do jogo. Essa foi a tônica da conversa com o grupo completo de jogadores.

— Bola no Gian, Joca avança para passagens rápidas, rápidas mesmo, e sempre um homem no primeiro pau, pode ser você, Luizinho, entra por ali, vamos por ali porque tem espaço...

A conversa privada foi com seus três zagueiros de área, Vilson Porto, Peri e (nesse jogo) Flávio. Pediu que ficassem atentos para não jogarem em linha.

— Olho no companheiro — disse o treinador aos três jogadores.

A Gian pediu que se posicionasse de uma forma diferente na segunda etapa; pediu a ele que fosse para a esquerda da defesa adversária, que insistisse por ali, ali entre o lateral e o volante, em uma diagonal entre os dois, porque havia espaço naquela região do campo. Disse isso reforçando e especificando a orientação dada ao grupo todo. O pai e, sobretudo, o menino teriam ficado orgulhosos se ouvissem essas palavras do treinador ao jogador.

Pedro Jansen vive para o futebol. E para nada mais. Há muito tempo é assim. Desde que perdeu a mulher em um acidente de automóvel, há doze anos, atirou-se de cabeça na profissão, trabalha o tempo todo. Os filhos estão formados, a moça é dentista, o rapaz, mais velho, é engenheiro, têm suas famílias, moram longe. Pedro Jansen sabe que precisa ganhar o jogo de hoje. *Resultados*, ele pensa, no momento em que o árbitro apita o reinício do jogo, ele com as duas mãos enfiadas nos bolsos da calça *jeans* surrada, pisando na marca pontilhada que limita a sua área técnica com seu sapato social preto. *Tudo o que interessa são os resultados imediatos. Não importa a consistência das ações, a qualidade e a lógica da estratégia traçada, não interessa a consolidação de um pensamento que vai se transformando em um conjunto coeso de ações coerentes que, por fim, se transformam em um padrão de jogo de alto nível. Não importa a implantação de um sistema de promoção e aproveitamento racional dos garotos das categorias de base. Nada disso importa. Apenas os resultados interessam. O resultado de hoje. E depois o de domingo que vem. Mas tudo isso eu já sei há muito tempo, estou apenas me repetindo, porque preciso me repetir, porque esta voz, a minha voz, tem de ser ouvida sempre, por mais que se repita, é a voz do único companheiro que pode, realmente, me acompanhar nesta maluquice aqui: eu mesmo.*

Gian, o herói trágico que sonha com facadas mas que não se arrepende do que fez, está lá, caindo pela esquerda da defesa do adversário. Com alguns minutos de jogo, já recebeu a bola com liberdade duas vezes e deu bom prosseguimento às jogadas. O pai balança a cabeça nas duas vezes em que isso acontece, e o menino olha para ele.

— Viu? — diz o pai.

O menino balança a cabeça afirmativamente.

O jogo está tremendamente disputado no meio de campo. Há muita marcação, e a partida fica naquele perde e ganha no espaço do campo entre uma intermediária e outra. Um lance de extrema violência acontece. Um dos volantes do time adversário, um sujeito alto, magro e afoito chamado Mário Hermínio, levanta demais o pé em uma disputa de bola perto de sua área e atinge a cabeça do atacante Luizinho. É um golpe de caratê muito mais do que uma disputa de bola em um jogo de futebol. Luizinho, piadista, biriteiro e atacante habilidoso, desaba no gramado e o corte em sua testa faz alguns jogadores entrarem em pânico. O jogador está acordado, mas não poderá continuar na partida, porque há em sua testa um rasgo de pelo menos 10 centímetros que acompanha, em uma linha paralela grotesca, toda a extensão do supercílio esquerdo e um pedaço do direito. Aquilo se transformará em uma cicatriz feia. Mário Hermínio é expulso imediatamente, e apenas isso evita um tumulto generalizado dentro de campo.

Pedro Jansen manda chamar Helinho, o centroavante reserva, que está com seus companheiros aquecendo-se atrás de um dos gols. Helinho tem só 17 anos e, neste momento, em sua cidade natal, muito longe daquele estádio, seu pai e seus dois irmãos, sentados em frente à TV, explodem de alegria ao ver o garoto correr pela pista atlética tirando o colete usado pelos reservas, enquanto a mãe sai da cozinha, vai ver o que está acontecendo, entende logo, começa a chorar, é o seu menino, *É o meu menino, meu Deus do céu*, e volta para a cozinha, prefere não ver, não se sente forte o bastante para ver, então volta para a cozinha, para perto da sua vela acesa.

Mas que falta de sorte, pensa Pedro Jansen. *Puta que pariu. Perder o Luizinho! Essa foi de lascar...*

Ao mesmo tempo, no entanto, ele comemora o fato de seu time estar agora com um jogador a mais.

Agora ele tem o braço direito sobre o ombro de Helinho. Dá suas instruções a ele. Coisa simples. Manda-o prender a bola lá na frente, diz a ele que tente manter os zagueiros lá atrás, no campo deles, e então diz:

— Vai, meu filho, vai Helinho, eu confio muito em você.

Pedro Jansen diz isso e retorna ao reservado, onde seu auxiliar técnico, Régis Dias, olha para ele com cara de "foi ruim (a saída de Luizinho) mas foi bom (a expulsão)".

No gramado os jogadores se preparam para bater a falta. O árbitro já contou os passos para posicionar a barreira. O goleiro adversário orienta seus seis companheiros que formam a muralha humana. A falta é quase frontal, a bola está praticamente em cima da meia-lua da grande área. O goleiro sabe do perigo que está correndo. O árbitro autoriza a entrada de Helinho, cujo pai, agora, lá na distante cidade natal do garoto, está agradecendo a Deus com todas as forças e todo o seu coração, e pedindo proteção para seu menino.

Gian grita com o time todo, Vilson Porto também grita, o goleiro Alex Ritter grita, lá de trás. Querem posicionar o time para um eventual rebote (a favor ou contra), querem expressar com palavras o que só está claro na mente deles — intenções e certezas.

Vilson Porto e Danilo são os batedores de falta do time, mas geralmente fazem as cobranças de média e longa distância. Dali, quase na risca da área, a bola é de Gian ou de Luizinho. Luizinho está fora e é Gian quem ajeita a bola. Ele a posiciona, respeitando quase que totalmente a marca do *spray* disparado pelo árbitro, levanta a cabeça, olha para a barreira e começa a andar de costas. Não toma muita distância. Marçal, como quem não quer nada, lentamente começa a caminhar para dentro da grande área. O árbitro autoriza a cobrança. Gian corre, bate embaixo da bola, mas não bate em direção ao gol, procura a cabeça de Marçal lá na quina da pequena área. Marçal salta junto com dois adversários e com um terceiro que resolve usar o joelho contra suas costas. O atacante consegue o cabeceio e manda a bola onde queria, na cabeça de Samuca, que, sozinho, com o gol aberto à sua frente, manda a bola por cima, para fora, desperdiça a grande chance do jogo até aquele momento. Os jogadores se lamentam dramaticamente dentro do campo. Samuca fica deitado no gramado, as mãos tapando o rosto. Na sua área técnica, Pedro Jansen olha para cima, sem acreditar no que acaba de ver. Nas cadeiras, o pai e o menino soltam um grito de desespero e decepção. Mas estão juntos e sintonizados como poucas vezes antes em suas vidas. O pai neste momento tem uma das mãos sobre o ombro do filho. O filho, aflito, segura o antebraço do pai.

Gian, o herói trágico, ídolo maior do menino, os desafetos Danilo e Joca, o raçudo Zé Nelson, o veterano Flávio, o adolescente Helinho, filho mais novo de seu Hermes do Posto e de dona Lurdes, e todos os seus companheiros que estão em campo neste momento, com suas camisas encharcadas de suor, suas dores (físicas e emocionais), suas histórias de fracassos e conquistas, todos eles estão, neste momento, ligados de uma forma que poucas pessoas entendem e que muitos poderiam considerar impossível. Olham uns para os outros e se reconhecem no companheiro. Ouvem uns aos outros e escutam suas próprias vozes saindo da boca de seus camaradas. O que une os jogadores de um time de futebol durante uma partida de futebol é o olho no olho do companheiro; é a imagem de cada um refletida no rosto do parceiro ao lado. E é por isso que, depois daquela chance incrivelmente perdida, Samuca é erguido do gramado por dois, três companheiros, e então Gian bate palmas e grita alguma coisa que faz Samuca balançar a cabeça e sorrir e voltar a trote para junto de seus companheiros, de seus camaradas.

Lá nas cadeiras, o menino não se conforma:

— Como é que ele foi errar um gol desses?!

E o pai pensa que na vida nada pode ser dado como certo antes da hora e tudo o que parece fácil pode esconder uma armadilha.

O jogo prossegue com muita marcação e um tremendo congestionamento na faixa central do campo. Pedro Jansen sabe que vai ter de insistir com Gian, fazê-lo jogar ainda mais aberto, porque o técnico do time adversário, com sua experiência e sagacidade, entendeu logo o que Pedro estava tentando fazer e fechou a porta no lado esquerdo de sua defesa. O jogo trava. Vira uma sequência interminável e enervante de passes errados e faltas. A torcida do time do menino se impacienta e as vaias começam.

Então, no meio da incerteza e do caos, o grande jogador mostra seu talento e sua lucidez. Como sempre tem sido ao longo dos tempos no futebol.

A bola vem rasteira, forte, enviada por Danilo. Gian a domina quase sobre a linha lateral na intermediária de ataque. Está de volta à esquerda, a área do campo que prefere, porque na direita as poucas facilidades que tivera até então haviam cessado por completo. Ele decide partir para cima do primeiro adversário que se aproxima, e tem sucesso. O drible é um toque sutil embaixo da bola e uma passagem pelo lado do marcador, tudo isso trabalhando em um espaço de alguns centímetros de gramado, quase em cima da linha lateral. Ele avança, dá o chamado drible da vaca no lateral, que chega atrasado em um bote fora de hora. Gian tem tempo suficiente para olhar para a área pela primeira vez. Ele vê braços levantados, ouve gritos, companheiros pedindo a bola alçada na área, então ele avança em direção à linha de fundo, olha pela segunda vez para o que está acontecendo lá, e, quando todos pensam que ele vai cruzar a bola alta na área, para o cabeceio de seus companheiros que estão aguardando enquanto tentam evitar os encontrões e os puxões e o agarra-agarra dos marcadores, companheiros que têm, quase todos, estatura avantajada, ele manda a bola para trás de canhota, pois também se garante batendo de esquerda, rasteira, forte, na marca do pênalti, e quem chega por ali é Zé Nelson, que enche o pé e manda a bola a meia altura no centro do gol, e o goleiro não tem tempo de fazer nada: a bola estufa a rede. Está lá. Gol. Gol!

É como se uma represa se rompesse, e todos no estádio, neste momento, são a água. Os jogadores gritam e correm atrás de Zé Nelson, que partiu como um louco para comemorar com a torcida atrás do gol, o estádio — a maior parte dele — explode como se fosse o maior trovão já registrado na Terra, o som da represa da euforia se rompendo. Neste exato instante, lá nas cadeiras, pai e filho estão pulando, abraçados. Eles saltam e gritam agarrados um ao outro, o menino abraçado à cintura do pai, o pai com os braços em volta dos ombros e das costas do menino. Para o menino, há uma promessa de felicidade naquele abraço e, neste momento, ele não quer outra vida. Pai e filho saltam e saltam e saltam, abraçados, e há tudo do melhor possível naquilo: há pedidos de perdão e de novas chances, há uma recusa de ambas as partes de se deixarem afastar, de se deixarem levar um do outro, e há uma insistência, uma resistência que só pode mesmo ser creditada ao amor, ao amor entre um pai e um filho, ao amor de um pai por seu filho, e de um filho por seu pai, seu PAI.

Lá no gramado, os jogadores do time do menino voltam a trote para o seu lado do campo, porque o jogo tem de recomeçar, mas, antes de chegar à risca do grande círculo, Gian se aproxima de Zé Nelson, diz alguma coisa para ele, aponta para as cadeiras e então os dois correm em direção à beira do gramado e se posicionam bem em frente ao placar eletrônico que fica em cima das cabines de imprensa e Gian olha para cima, da mesma maneira que Zé Nelson, e bate no peito duas vezes e aponta o dedo para alguém nas cadeiras, para o menino, e Zé Nelson bate palmas para esse torcedor que seu grande parceiro Gian quer homenagear, e Gian levanta o punho direito, dá dois socos no ar, e depois disso os dois, lado a lado, os dois correm em direção a seus companheiros. O menino está de olhos arregalados e boca aberta e o coração com uma batida encostando na outra, e olha para o pai e olha para o campo e olha para o pai e olha para o campo e diz:

— Você viu? Você viu?

— Eu vi — o pai responde.

— Você viu???

— Ele prometeu que ia fazer isso e fez — o pai diz, ainda abraçado ao menino, seu filho.

— Você viu???

No camarote da presidência, no exato momento em que

Gian e Zé Nelson correm juntos em direção ao setor das cadeiras, o ex-jogador abre um sorriso de antologia e pensa: *É pra você, garoto. Aproveite bem e nunca se esqueça disso.*

E em seguida, olhando para a área técnica onde seu amigo Pedro está agora, as mãos no bolso e a cabeça baixa, o ex-jogador diz para si mesmo: "Que bom, meu irmão, que beleza. Você merece."

Observando o árbitro autorizar a nova saída de jogo, Pedro Jansen pergunta a si mesmo quanto tempo ainda vai aguentar isso, quanto tempo ainda terá energia e disciplina e paixão para suportar essas descargas brutais. Mas ele não consegue responder a si mesmo, não tem tempo, porque a bola rola e a partida prossegue — *Prossegue sempre, sempre, assim como a vida, até não prosseguir mais* — e ele sabe que seu time, apesar de ter um jogador a mais, enfrentará uma pressão brutal do adversário nos minutos que ainda restam de jogo. E então ele grita para Danilo:

— Duas linhas de quatro, Danilo, duas linhas!

O restante do jogo se desenrola da seguinte forma: o time do menino, de seu pai, do ex-jogador, de Pedro Jansen, de Gian e Zé Nelson, com um jogador a mais, é pressionado barbaramente pelo adversário e se defende como pode. É um sufoco impressionante, que deixa em frangalhos os nervos da torcida. Das duas torcidas. O time do menino agora parece um *sparring* de boxeador peso-pesado. Pedro Jansen tira Marçal de campo e coloca em seu lugar um volante,

Laércio. Leva uma vaia que só não é maior porque o time está vencendo, finalmente vencendo seu grande adversário, seu rival histórico. É chamado de burro por gente que não faz ideia, nem poderia, não imagina quanta dor Marçal estava sentindo, mas mesmo se soubesse exigiria a entrada de mais um atacante, Tuca, em seu lugar, de maneira que assim o jogo prossegue, com mais um volante em campo, e Gian comanda o time, apesar de Vilson Porto ser o capitão. Naquele time há vários jogadores com potencial para liderar os companheiros, e Vilson Porto ganhou a braçadeira por ser um dos mais experientes e já ter exercido a função várias vezes na carreira, mas há mais gente capacitada para a função. Agora, por exemplo, é Gian quem comanda a resistência: marca, dá carrinho, reclama com o árbitro, pede cartões para os adversários, puxa camisas, toma cartão amarelo, é ameaçado de expulsão pelo árbitro, grita com seus companheiros de time, tenta intimidar oponentes, apanha e não cai, bate e derruba. E nesse frenesi em que se encontra, nesse delírio em que está mergulhado, nesse embate que é físico e é espiritual, ele arranja tempo para um último lance de brilho e destemor, que começa quando ele rouba a bola de um adversário quase dentro da sua área de defesa, dispara com uma velocidade que ninguém no estádio acredita ser possível a esta altura dos acontecimentos, parte em linha reta, uma linha demente, suicida, em direção ao gol adversário, leva um jogo de corpo violento de um marcador que surge de repente, mas consegue se manter de pé e com o domínio da bola, e agora é um lateral que tenta interromper sua trajetória com um carrinho, mas esse sujeito chega atrasado e fica para trás, apoiado nos cotovelos, vendo Gian irromper na grande área inimiga e quase ser agarrado por um zagueiro e então fuzilar o goleiro, com raiva e paixão, usando o peito do pé direito, pensando em facas, e a bola sobe, bate no travessão e vai para dentro do gol, sem tocar na rede, mas vai lá dentro, meio metro lá dentro, e o estádio outra vez entra em erupção. E já não há mais nada que possa acontecer além da profunda alegria e da exaustão dos jogadores no gramado e da loucura da torcida no estádio, e a torcida adversária se levanta em peso para ir embora, e nas cadeiras o menino e seu pai gritam e pulam abraçados outra vez, só que agora o pai ergue o menino, seu filho, nos braços, em um grande abraço frontal, e o menino tira os pés do chão, e é como se ele fosse levantar voo, como se estivesse decolando para um voo maravilhoso, um passeio de êxtase e de uma alegria até então inédita para ele.

O árbitro apita e aponta para o centro do gramado. O jogo está terminado. Os jogadores do time do menino se amontoam no gramado, jogam-se uns sobre os outros.

No camarote da presidência, o ex-jogador se levanta e, dirigindo-se à porta, ao passar pelo amigo presidente do clube, diz:

— Tchau, João Celso, parabéns. A gente se fala. Fica com Deus.

E o presidente ouve aquilo, mas faz que não ouve, finge que não ouve, e apenas retribui os abraços e apertos de mão que recebe de seus diretores e de outras figuras que estão por ali.

Pedro Jansen está sentado no reservado. Seu auxiliar, Régis Dias, está ao lado.

— Nada de especial — diz o treinador.

O auxiliar sorri (um sorriso cansado e irônico e cúmplice) e diz:

— Nada de especial, chefe.

E então se levantam e vão para o vestiário.

Pedro Jansen e Régis Dias são os últimos a entrar no vestiário e o que veem ao chegar lá são os jogadores em um grau de excitação altíssimo, a adrenalina ainda lá em cima, e muitos dizem palavrões e abraçam seus companheiros mais próximos, mais queridos, e alguns não se contêm e dão socos e tapas e chutes na porta dos armários, e há outros que apenas se deitam nas cadeiras espreguiçadeiras e nos reservados individuais e fecham os olhos, e há também os que choram, estes são poucos, em realidade é um só, apenas um, Gian, que neste momento agradece a Deus e pede perdão, agradece e pede perdão, agradece e pede perdão, e chora no seu canto.

E por fim entra no vestiário o presidente do clube e procura pelo técnico e quando o vê vai direto na direção dele e lhe dá um grande abraço, um abraço pretensamente fraternal, um abraço teatral, e lhe diz assim:

— Eu confio muito em você, Pedro, sempre confiei, você sabe disso!

E diz:

— Muito obrigado, muito obrigado!

E então:

— Esta aqui é a sua casa. Para sempre.

Pedro Jansen não diz nada, jamais diria, é um homem do futebol, muito calejado, escaldado, tem o couro curtido. Um homem que consegue manter preservada sua paixão pelo futebol, isolando-a, em seu íntimo, com a disciplina e a convicção de um sábio, de toda a obscenidade, de toda a imoralidade, de todo o mau-caratismo que alguns personagens, os personagens de sempre, tentam trazer para o futebol, querendo transformar tudo isso no padrão de comportamento. Mas estes caras, Pedro Jansen sabe, não poderiam faltar. Estes, o treinador acredita, teriam mesmo de estar aí, é inevitável. Um dia, mais cedo ou mais tarde, acabam sendo ejetados, excretados.

Depois do abraço do presidente, Pedro Jansen recebe o abraço de Zé Nelson, o motorzinho do seu time, e então a nuvem negra sobre o pensamento do técnico se dissipa, é removida por completo, e o abraço de Zé Nelson é um abraço de limpeza, purificador, e Pedro Jansen ri, passa a mão na cabeça do jogador e lhe diz:

— Valeu, garoto, valeu.

O pai e o menino agora estão sentados. Estão sorrindo, sentem-se bem, sentem-se como se eles próprios tivessem participado do jogo, daquela batalha monumental travada no gramado — cansados, mas amplamente recompensados. O pai fuma um cigarro. Em volta deles, as pessoas vão deixando o local, falando sobre o que acabaram de presenciar, comentando erros e acertos do time, botando para fora sua mágoa acumulada contra o tradicional adversário, e xingam e se congratulam e festejam.

O pai e o menino decidem esperar que as pessoas saiam, que o grosso da torcida deixe o estádio, para então poderem se mover com mais tranquilidade, uma saída mais calma.

— Esse fim de jogo foi demais — o pai diz.

— Foi uma loucura, uma loucura! — diz o menino, e o pai ri daquilo. — Que gol o Gian fez! Foi o gol mais bonito que eu já vi na minha vida!

— Foi uma pintura — diz o pai. — Foi de cinema — ele acrescenta.

— Foi o gol mais bonito que já vi!

O pai olha para o filho. Olha e diz:

— Que bom que conseguimos ver tudo isso hoje, né?

— Bota bom nisso!

— Quer dizer, tem gente que não viu e não faz ideia de como foi, mas nós estávamos aqui, e vamos lembrar disso para sempre, é ou não é?

— Para sempre mesmo!

— Nunca mais vamos nos esquecer disso... — o pai diz, na verdade pensa em voz alta.

— Nunca!

— Nunca...

Eles então resolvem sair. Dirigem-se ao túnel, o menino à frente do pai. Misturam-se às pessoas na rampa, ainda uma multidão, uma massa de gente uniforme em sua felicidade uníssona. Caminham devagar, acompanhando aquele bloco compacto de gente que se desloca em passo de romaria.

Agora estão na calçada, em frente à entrada principal do estádio. O pai se detém a poucos metros do portão de ferro sob o enorme pórtico de concreto e pergunta se o filho está com fome ou com sede. O menino responde que não, que vai esperar para comer quando chegar em casa, porque a mãe dissera que esperaria por eles com uma pizza, pizza de mussarela, e eles então começam a caminhar em direção ao ponto no qual, mais cedo ou mais tarde, mais cheio ou mais vazio, passará o ônibus que os deixará a duas quadras de casa. Um vendedor de cerveja passa por eles com seu isopor e pergunta se o pai não quer uma cerveja, geladona, na promoção, e quase esfrega a lata de cerveja no rosto do pai, e o pai diz não, apenas isso, "Não", e o menino olha para ele, mas não diz nada, apenas segue em frente, satisfeito com aquilo.

O pai observa o filho à sua frente. O passo agora confiante do filho, a cabeça finalmente erguida, o peito inflado, as costas eretas, e pensa que, sim, que gostaria de ver o menino sempre assim, tranquilo, seguro, feliz. Mas não sabe se isso será possível. O pai caminha olhando diretamente para o corpo em desenvolvimento do filho, um corpo magro, um corpo de menino que, por vezes, parece ser o corpo de alguém mais velho, bem mais velho, e o pai sente amor por aquele ser que vai à sua frente, amor verdadeiro e mais forte do que qualquer coisa, tão forte que ele, pai, fica angustiado, porque não sabe se tem condições de lidar com um sentimento daqueles por um período muito longo, por toda uma vida, ou pelo que ainda lhe resta. Isso, essa constatação, machuca o homem, faz com que uma lâmina gelada atravesse seu estômago, cápsulas de gelo explodem em seu peito, dezenas, centenas delas explodem, e ele tem dificuldade para respirar, puxa o ar e ele não vem, e então sente uma vertigem, mas continua caminhando, continua caminhando atrás do filho, que segue em seu passo agora autoconfiante, com sua camisa tricolor número 8 autografada por seu ídolo, seu herói que um dia matou um homem em um parque, e o pai imaginando que gostaria de ser, ele, o herói do filho, o grande ídolo do menino, ignorando, ou temendo entender e convencer-se de que, para o menino, ele, pai, é o maior herói que existe, alvo de um amor imenso.

Agora os dois param, porque chegaram ao ponto de ônibus. Há muita gente ali, e eles sabem que dificilmente conseguirão pegar o primeiro ônibus que passar, sabem que terão de esperar. Distanciam-se um pouco do meio-fio, aproximam-se da grade de um prédio que fica bem em frente ao ponto. Há torcedores do time do menino e uns poucos do time adversário, mas não há sinal de animosidade, de provocações e de brigas. Muitos têm latas de cerveja nas mãos, alguns estão enrolados em bandeiras, quase todos fazendo parte de pequenos grupos.

Um ônibus se aproxima e a agitação dos candidatos a passageiros começa. O ônibus vem lotado, como todos ali sabiam que aconteceria. O ônibus chega, mal para no ponto e os primeiros torcedores na calçada já tentam se agarrar à porta. Dois ou três conseguem entrar e o ônibus arranca.

— Calma, que daqui a pouco passa um mais vazio — diz o pai. O menino não responde. Não está preocupado com o ônibus. Está pensando no jogo e no que aconteceu antes dele, no vestiário, e principalmente nos abraços dele e do pai, e ele agora está quase encostado ao lado da perna do pai e o pai tem sua mão sobre o ombro do filho, de maneira que está tudo bem, tudo muito bem para o menino.

Mais um ônibus chega, mas os dois novamente preferem não tentar subir. O ônibus está tão cheio que o motorista deste, a exemplo do que fez o do primeiro ônibus, deixa as portas abertas e diz para si mesmo: "Foda-se."

Eles continuam na calçada, ainda com um grupo grande de pessoas os acompanhando porque, enquanto alguns conseguiam embarcar nos ônibus que passaram, outros foram chegando ao ponto, mas então, quando o terceiro ônibus se aproxima, o pai faz uma leve pressão no ombro do filho, instigando-o a ir em frente, e o menino entende e começa a andar em direção ao meio-fio, e o ônibus vai chegando perto, e mais perto, e, quando para, na verdade não chega a parar por completo, de repente sobem três, quatro pessoas na frente deles, então o pai e o menino as deixam passar, e depois disso o pai ergue o filho pela cintura e o coloca dentro do ônibus, no segundo degrau da escada de acesso, o menino entra e avança, e então uma pessoa e depois outra e mais outra se interpõem entre pai e filho, e o ônibus começa a acelerar e o pai ainda está na calçada e o filho já está lá dentro, já passou pela roleta, e a porta começa a se fechar, mas o pai segura a porta, força a passagem, e consegue entrar. O menino se dá conta de que o pai não está atrás dele, não está com ele, então olha para trás e só o que vê é um bolo de gente no corredor do ônibus, seu coração parece que para de bater, então o braço do pai surge por entre as pessoas que estão entre eles, e o pai aparece por inteiro agora e, sorrindo um sorriso aberto, de alívio, coloca-se ao lado do filho e põe sua mão esquerda sobre o ombro do menino e diz:

— Quase que eu fiquei na calçada...

Eles agora enfrentam os solavancos do ônibus e a pressão dos corpos dos outros passageiros, e vão tentando se manter equilibrados, tentando se manter de pé, ao lado um do outro, ligados, em sintonia, companheiros de jornada, pai e filho, dois seres que não estão ali por acaso, claro que não, o menino tem certeza disso, e o pai sente uma satisfação que há muito, muito tempo não sentia, uma sensação de completude, a consciência total de onde está e por que está ali, e então o menino pensa no ex-jogador, aquele sujeito legal que o colocou dentro do vestiário do time pouco antes de o jogo começar, e pensa no técnico, Pedro Jansen, o técnico do seu time, o melhor técnico do Brasil, e pensa no passe que deu para Aldyr na sala de aquecimento, e pensa em Gian, seu herói, e nos gols de seu time naquela tarde, e pensa no videoteipe a que vai assistir logo mais em casa, e pensa nos abraços dele e do pai, e seguem balançando dentro daquele ônibus, ouvindo os gritos, as piadas e os cantos de seus companheiros de torcida, alguns dos quais batucam no teto do ônibus, e o menino pensa no recado que Gian e Zé Nelson lhe mandaram lá do gramado logo depois do primeiro gol, e, mais do que tudo, no punho fechado de Gian, e nos dois socos no ar, um punho fechado que dizia isto: a gente tem de ser forte nesta vida.

O menino e o pai descem no ponto que fica a duas quadras de sua casa. Caminham em direção a seu prédio, os tênis novos do menino agora sujos por causa dos pisões e da terra e das raspadas no concreto.

Quando entram em sua rua, há pouca gente ali, ninguém que eles conheçam.

Eles chegam em frente ao prédio onde moram e o pai abre a porta da grade, depois caminham até o porta da entrada social, o pai a abre também, e seguem pelo corredor até o elevador e sobem para seu apartamento e quando chegam ao andar onde moram já sentem o cheiro da pizza que a mãe está preparando, pizza de mussarela, então o pai coloca a chave na fechadura e eles entram em casa, a casa deles, o menino na frente, o pai atrás, com suas duas mãos nos ombros do menino, e, neste momento, o menino não quer estar em nenhum outro lugar do mundo, só quer estar ali.

Na sala, a mãe olha para eles, olha para o rosto deles, para o rosto do marido, para o rosto do filho, e então seu coração, de repente, fica leve.

(O campo, depois de tudo)

No estádio, o velho de uniforme cinza e chinelo de dedo agora caminha sozinho pelo gramado. Observa, em detalhes, os estragos feitos durante o jogo que terminou há pouco. Ele reflete sobre o que terá de fazer no dia seguinte para reparar aqueles danos, todos aqueles tufos levantados, os buracos. O velho pensa nisso e conclui que terá de agir rapidamente, porque dali a três dias o time vai voltar a campo, os garotos irão à luta novamente, os garotos do time, que foram bem, muito bem mesmo hoje. O velho caminha e vai se convencendo, mais e mais a cada passo, de que não tem tempo a perder, e pensa que talvez já esteja vivendo nos acréscimos do árbitro, e ri ao pensar nisso, ri sozinho, ri de si mesmo e de todo o resto à sua volta.

Com o pé, recoloca um tufo de grama no lugar e vai em frente.

(A volta ao campo)

O menino, o pai e o avô estão sentados na arquibancada de cimento. Os times vão entrar em campo. Os três estão sentados bem atrás da boca do túnel por onde vai sair o time do menino, o time da camisa tricolor. O menino e o avô comem amendoim. O pai olha para o gramado, para a movimentação de repórteres e funcionários do clube lá no gramado, e olha para os outros setores do estádio, que recebe bom público para a partida. O avô, que é pai de sua mãe, o avô adorado, aponta para os meninos das escolinhas, que começam a se agitar na pista atlética. O pai olha para o menino, seu filho, balança a cabeça e sorri, um sorriso completo, um sorriso franco. O avô olha para o pai do menino, dá uma piscada rápida, e então encosta o cotovelo no braço dele, um empurrãozinho de leve, e diz "Aí vêm eles", e o time deles começa a entrar em campo, Gian à frente, e o menino salta da arquibancada de cimento como se fosse um foguete lançado ao espaço sideral e grita:

— Aêêêêêêêêêê!

E é um grito que anuncia uma vitória, uma grande vitória, claro — porque não se pode esperar nada menos do que isso de um grito assim.

De pé, com as mãos no bolso da jaqueta do abrigo esportivo, à beira do campo, no limite de sua área técnica, Pedro Jansen esmaga a bagana de um cigarro imaginário. Não pensa em nada em especial, apenas se concentra em absorver o sentimento no estádio, a vibração que circula em ondas e redemoinhos, a agitação das pessoas à sua volta. E então ergue a cabeça e olha para o centro do campo e aguarda o início do jogo, mais um jogo, e faz isso com a convicção e a serenidade de quem sabe estar no único lugar possível e aceitável para si próprio, no mundo e na vida. Seu mundo. Sua vida.